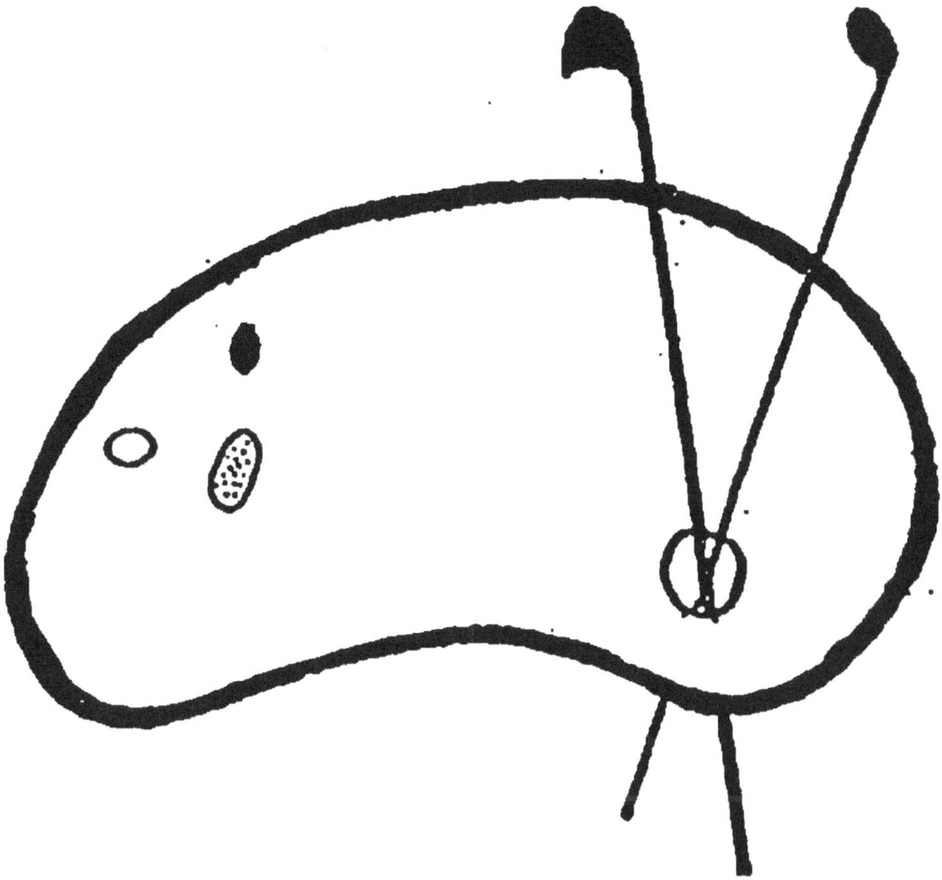

DEBUT D'UNE SERIE DE DOCUMENTS
EN COULEUR

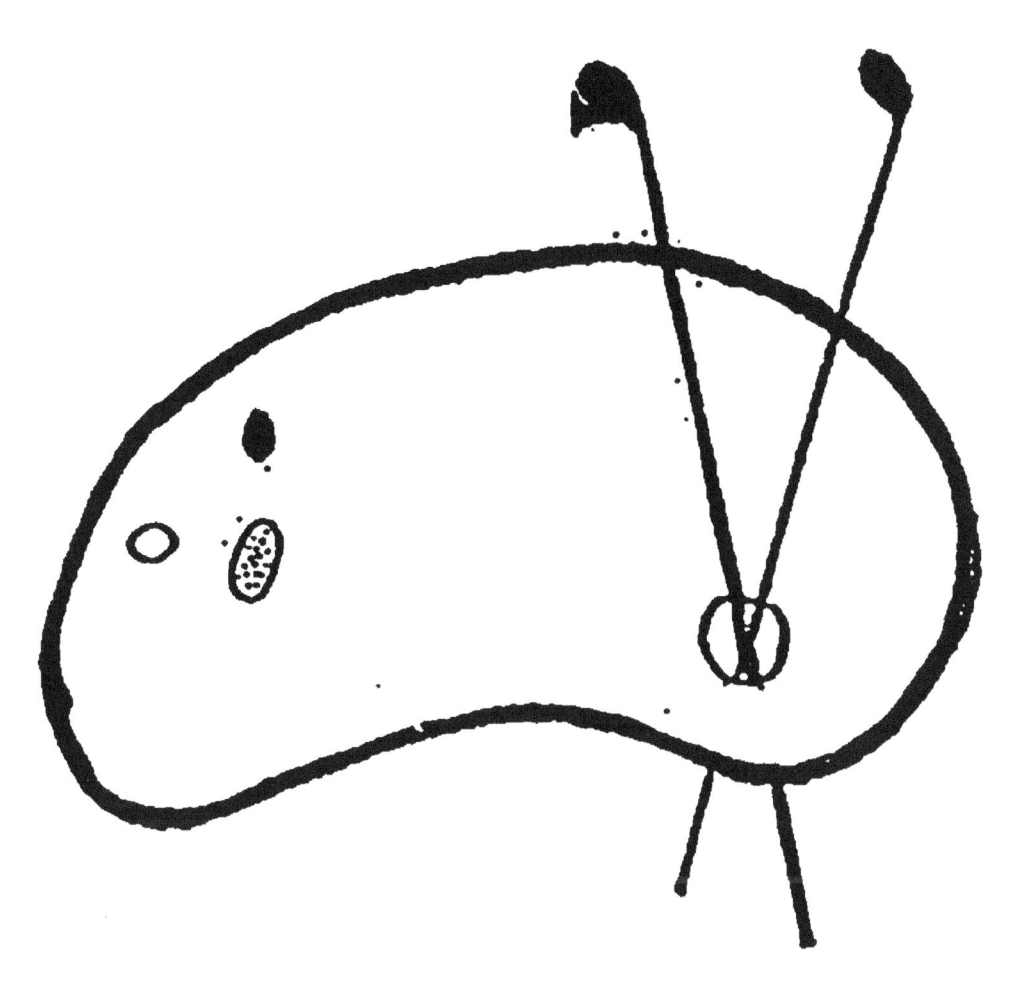

FIN D'UNE SERIE DE DOCUMENTS
EN COULEUR

DÉFAUTS ET VERTUS DE L'ENFANCE

3ᵉ SÉRIE GRAND IN-8°.

Elle monta sur une chaise et prit un peu de confitures
(P. 10

DÉFAUTS ET VERTUS

DE

L'ENFANCE

PAR

L.me Marie-Félicie TESTAS

Ouvrage couronné par la Société de l'Encouragement au bien
approuvé par la Commission des Bibliothèques scolaires.

LIMOGES

EUGÈNE ARDANT ET Cie, ÉDITEURS.

LA GOURMANDISE

La gourmandise est un défaut qui fait trouver à l'enfant gourmand un plaisir extrême à prendre cette nourriture journalière qui doit seulement soutenir et fortifier son corps.

Le bon Dieu ne nous a pas interdit d'aimer ce qui est bon, seulement il ne faut pas que cet amour du bon nuise à notre santé ou à notre prochain.

Il y a dans l'appétit une limite où l'enfant doit savoir s'arrêter : c'est lorsque son estomac est plein.

Le friand choisit sa nourriture, et il préfère ce qui lui est agréable à ce qui est sain.

Toute friandise étant inutile, on peut s'en passer.

Françoise et les confitures d'abricots.

Une fruitière de la rue Guillaume, qui avait son mari très-malade de la poitrine, voulant le soigner sans être dérangée par d'autres devoirs, envoya à la campagne, chez sa sœur, sa petite Françoise, belle enfant de sept ans.

Le pauvre homme mourut. Sa femme, aussitôt après ce malheur, alla chercher sa petite fille. Comme elle ne l'avait pas vue depuis plus d'une année, elle la trouva grandie, fraîche, robuste; on lui aurait donné dix ans.

Les caresses de Françoise calmèrent un peu la douleur de sa mère. Elle revint à Paris, accompagnée de sa fille, pour reprendre son travail journalier.

Levée dès quatre heures du matin, la mère Jean allait à la halle acheter des légumes et des fruits pour la vente de la journée. Elle mettait

ensuite ses emplettes dans une voiture à bras
qu'elle traînait jusqu'à sa boutique, où elle arrivait vers sept heures.

Pendant l'absence de la mère Jean, Françoise
rôdait dans la maison pour y chercher quelques
friandises, car elle était gourmande sans que sa
mère le sût. Elle avait pris ce vilain défaut chez
sa tante, où on l'avait fort peu surveillée. Ajoutons
qu'elle mentait avec audace pour cacher ses
larcins.

Un jour, une des pratiques de la mère Jean la
pria de lui acheter des abricots et de lui en faire
de la confiture, lui promettant, bien entendu, un
bon prix pour son temps et sa peine.

La fruitière mit tout son talent et ses soins à
faire cette confiture, dont elle remplit six pots
qu'elle plaça sur le comptoir de sa boutique pour
les faire refroidir.

Quand la nuit vint, elle sortit pour acheter du
papier et de l'eau-de-vie, afin de couvrir les pots
avant de les porter à la dame qui lui avait donné
commission de préparer cette friandise. En quit-
tant sa boutique, elle recommanda bien à Françoise
de ne pas y toucher, parce que cette confiture ne
lui appartenait pas.

A peine la mère Jean était-elle sortie, que Françoise s'empressa de regarder les pots et d'y tremper le bout de ses doigts pour la goûter.

Qu'elles étaient bonnes ces confitures ! et comme il devait être agréable d'en manger sans qu'on pût s'en apercevoir ! Les gourmands ont à leur service toutes sortes de ruses. Voici donc celle que la petite friande employa.

Elle alla chercher une cuiller, monta sur une chaise et prit un peu de confiture dans chaque pot. Elle les secoua à mesure pour aplanir les trous qu'elle avait faits, et comme elle n'était encore ni froide ni prise, le vide ne paraissait pas. Enchantée de sa tromperie, elle en mangea tant qu'elle put, ensuite elle lava la cuiller pour la remettre à sa place. Ravie de s'être ainsi régalée, elle vint s'installer au comptoir.

Il faisait tout à fait nuit lorsque la mère Jean rentra.

« Tu n'as pas touché aux pots de confiture, n'est-ce pas, ma petite Françoise?

— Je ne m'en suis même pas approchée, répondit-elle avec audace et sans remords. »

La maman, contente de cette réponse, passa dans son arrière-boutique, alluma la lanpe et revint la poser sur le comptoir. Elle allait, la bonne femme, embrasser sa Françoise pour la récompenser de sa discrétion, quand elle la vit toute barbouillée jusqu'au nez des fameuses confitures.

Ah! on ne pense pas à tout quand on fait le mal! Notre gourmande avait bien lavé sa cuiller, mais elle avait oublié d'en faire autant pour sa figure.

« Gourmande, voleuse et menteuse, s'écria la pauvre mère en conduisant sa fille devant un miroir; ose dire que tu ne t'es pas approchée des pots de confiture! Va te coucher tout de suite, je ne veux pas t'embrasser, vilaine gourmande. Je sais maintenant pourquoi mon sucre s'en allait si vite. »

Françoise, toute honteuse, alla se mettre au lit, mais elle ne put dormir. Elle regardait sa mère aller et venir dans sa chambre, préparant tout pour son coucher. Quand la mère Jean eut fini son ménage, elle se mit à genoux pour faire sa prière, qui, ce soir-là, fut plus longue que d'habitude.

« Mon Dieu, disait-elle en pleurant, croyant Françoise endormie, vous m'avez repris mon mari, mon compagnon et mon soutien; hélas! que je suis malheureuse! Ce n'est pas ma fille qui me consolera de cette perte! Gourmande, voleuse et menteuse! Mon Dieu, donnez-moi courage et patience! »

La pauvre femme, en disant cela, avait la figure couverte de larmes. Françoise, qui la voyait, pleurait aussi. Elle passa une partie de la nuit sans dormir. Ce ne fut qu'aux approches du jour que le sommeil la prit.

Quand elle s'éveilla, sa mère était partie vour la halle.

La petite fille se leva, s'habilla et se mit à genoux à la même place où sa mère avait fait sa prière la veille.

« Petit Jésus, dit-elle, aidez-moi à devenir sage; faites que je sois la joie de ma mère, et que, par ma sagesse, je la console dans son malheur. »

Sa prière finie, courageuse et résolue, elle se mit à balayer la chambre, arrangea le fourneau pour allumer du feu, afin de faire le déjeuner; elle prépara aussi le couvert.

La mère Jean, en revenant de la halle, fut étonnée de voir sa chambre rangée, son fourneau tout prêt. Elle l'alluma aussitôt et mit dessus le lait pour le déjeuner.

Françoise, qui lui trouva la figure encore sévère, n'osa lui dire toutes les bonnes résolutions qu'elle avait prises. Mais à son école elle fut si sage, si attentive, que la maîtresse, toute surprise, la crut malade. Elle avait mérité un bon point; il lui fut donné.

Pendant la récréation, Françoise pria une monitrice générale de lui apprendre à compter; elle avait un bon projet en tête.

Après quelques semaines d'un travail assidu, Françoise savait compter jusqu'à cent, par deux, par trois, par cinq, et se trouvait en état de rendre de la monnaie sur une pièce d'argent. Un soir elle se dit en se couchant :

« A demain. »

Or, la petite fille se leva de grand matin, s'habilla, balaya la chambre, ainsi qu'elle le faisait depuis plus d'un mois, puis elle passa dans la boutique, dont elle ouvrit les volets, ayant regardé comment s'y prenait sa mère quand elle revenait, tous les matins, du marché.

La boutique ouverte, Françoise étala sur la devanture des choux, des carottes, des navets,

ayant soin de les mettre du côté le plus favorable,
comme elle l'avait vu faire à sa mère.

Tous ses légumes bien arrangés à la montre,
elle vint s'asseoir gravement au comptoir.

Une dame entra bientôt après.

« Bonjour, Madame, lui dit Françoise de son
air le plus aimable, que voulez-vous de ma boutique ?

— Je voulais un chou, dit la dame ; je croyais
ta mère rentrée de la halle, en voyant les volets
ouverts ; je reviendrai quand elle sera là.

— Mais je saurai bien vous vendre un chou,
moi ; tenez, en voilà un bien frais, bien pommé ;
ma mère a vendu le pareil cinq sous. »

La dame, tout en riant de sa petite mine drôle,
prit le chou et lui dit :

« Eh bien ! voilà cinq sous, ma gentille marchande. »

Françoise s'empressa de les serrer dans le
comptoir.

A la porte de la boutique de la mère Jean, la
dame qui venait d'acheter le chou trouva une de
ses amies à qui elle conta que la petite Françoise
vendait en l'absence de sa mère, d'une façon tout
à fait avenante.

La voisine, curieuse de voir ça, entra dans la boutique et demanda un paquet de carottes qn'elle paya trois sous.

Françoise les mit avec les cinq déjà reçus, et s'assit au comptoir avec majesté en attendant d'autres pratiques.

La mère Jean, en revenant de la halle, s'étonna bien de voir de loin sa boutique ouverte. Tout en traînant sa voiture, elle cherchait à deviner ce que cela signifiait.

Parvenue à la porte, elle entra vivement et vit sa Françoise assise gravement au comptoir.

« J'ai vendu pour huit sous, maman, un chou et une botte de carottes, voilà l'argent.

» Je sais bien compter, maintenant, et je vendrai tous les matins en votre absence. »

La mère Jean serra sa Françoise dans ses bras en pleurant, mais cette fois c'étaient des larmes de joie.

La petite filte raconta à sa mère que le soir où elle avait mangé les confitures, la voyant pleurer en faisant sa prière, elle avait pris la résolution de se corriger.

Elle aida à décharger la voiture, et la mère Jean trouva son déjeuner tout prêt.

Le lendemain Françoise ouvrit la boutique dès sept heures pour continuer à vendre en l'absence de sa mère. Parée d'un beau tablier blanc, aux attaches duquel pendait un trousseau de clefs, notre jeune fruitière avait tout l'air d'une grande marchande.

Dans le quartier, on venait acheter à Françoise pour s'égayer de sa mine drôlette et de son petit air important. Je vous assure qu'elle ne se trompait jamais dans ses comptes et que les ventes allaient bien, grâce à cette curiosité.

La mère voyait son commerce s'augmenter et sa fatigue diminuer.

Un matin elle acheta un panier de magnifiques pêches. En les tirant de sa voiture, il en tomba une qui roula sous son comptoir sans qu'elle s'en aperçût. Comme elle ne les avait pas comptées, Françoise aurait pu la manger sans que cela se découvrit. Mais elle pensa à la promesse faite de n'être plus gourmande, et elle porta le beau fruit à sa mère.

« Te voilà tout à fait corrigée, ma Françoise, dit la bonne femme, et je suis une heureuse mère. »

Aujourd'hui Françoise, qui est une belle et grande fille, a succédé à sa mère; sa boutique est bien achalandée, la jeune fille a dans son quartier une bonne réputation bien méritée et bien établie de sagesse, de courage et de bonne conduite.

LA SOBRIÉTÉ.

La maman bien étonnée revint avec sa petite Louise
chez Mme Courschamps.   (P. 32.)

LA SOBRIÉTÉ

La sobriété ou la tempérance dans le boire et dans le manger est une grande vertu. Elle nous empêche de nous livrer d'une manière désordonnée à nos appétits, et lorsque nous la possédons, nous prenons notre nourriture non pour le plaisir de boire et de manger, mais pour soutenir et fortifier notre corps.

Un enfant sobre mange avec appétit, avec plaisir même, cela n'est pas défendu; mais il sait s'arrêter lorsque son estomac est satisfait.

Il sait aussi se priver de ce qu'il aime, et ne montre ni déplaisir ni humeur quand ce qui lui est donné n'est pas de son goût.

La sobriété conserve la santé, éloigne la misère. Le vice opposé à la sobriété, la gourmandise, détruit à la longue les tempéraments les plus robustes et traîne à sa suite les maladies; elle est d'ailleurs une cause journalière de dépenses inutiles.

Nina et Louise.

Une lingère de la rue de Rivoli avait, depuis plusieurs mois, une petite apprentie, lorsqu'on vint lui en proposer une autre.

Peu satisfaite de la première, nommée Nina, elle hésitait à en prendre une seconde.

· Cependant la petite Louise lui plut beaucoup par sa bonne mine fraîche et souriante, sa taille grande pour son âge, son air de force et de santé.

Madame Courschamps consentit donc à admettre Louise chez elle; les parents, qu'elle connaissait comme très-honnêtes, la décidèrent.

Un lundi matin, Louise, amenée par sa mère, fut installée dans sa nouvelle condition. La petite fille devait aller passer tous les dimanches dans sa famille.

Louise n'avait pas déjeuné; madame Courschamps lui donna, comme à Nina, une tasse de lait chaud, un morceau de pain et du sucre.

Louise émietta son pain dans son lait, mais ne mit point le morceau de sucre dans sa tasse.

« C'est pour toi ce sucre, lui dit Nina, qui croyait qu'elle n'osait pas le prendre.

— Oh ! répondit Louise, le lait est bien assez bon comme ça, il n'est pas nécessaire d'y mettre du sucre ; c'est cher le sucre, maman ne m'en donnait jamais.

— Oh ! moi, j'aime le lait bien sucré, et je n'en trouve jamais assez d'un morceau ; si tu veux me donner le tien tous les matins, je serai bien contente.

— Je n'en suis pas la maîtresse, je ne puis donner ce qui n'est pas à moi. Demande-le à Madame; si elle veut que tu le mettes dans ton lait, cela ne me privera pas. »

Nina n'eut rien de plus pressé que d'apprendre à sa maîtresse que Louise n'aimait pas le lait sucré; elle lui demanda la permission de mettre ce sucre dans le sien.

La maîtresse refusa, reprocha même à la petite fille sa gourmandise.

Le soir, au dîner, Louise mangea de bon appétit, mais très-modérément, d'un plat de viande et de légumes; lorsque madame Courschamps lui donna une part de fraises au vin, elle refusa.

« Merci, Madame, dit-elle, je n'ai plus faim, maman ne veut pas que je mange de dessert, elle dit que c'est inutile, et c'est une habitude qu'elle ne veut pas que je prenne.

La lingère fit un petit signe de tête, et dit en se levant de table à ses ouvrières :

« Voilà une petite fille bien sobre. »

Un jour Louise et Nina allèrent porter de l'ouvrage chez une cliente qui leur donna à chacune cinq sous.

Voilà nos deux apprenties bien contentes.

« Moi, dit Nina, je vais avec mes cinq sous acheter un chou à la crème et deux sous de galette.

— Nous venons de déjeuner, dit Louise, tu ne dois pas avoir faim.

— Oh ! des gâteaux, ça se mange sans faim. Et toi que vas-tu acheter pour tes cinq sous?

— D'abord une tirelire d'un sou, pour y mettre quatre sous; quand ma tirelire sera pleine, je la casserai pour acheter du sucre pour ma mère, afin qu'elle puisse prendre son café les dimanches.

— Elle ne prend donc pas son café tous les matins, ta mère?

— Oh ! non, c'est bien trop cher ! cependant, quand maman était petite, sa grand'mère, qui l'élevait, lui en faisait prendre tous les jours, aussi ma pauvre maman a eu bien de la peine à s'en déshabituer ; c'est pour ça qu'elle ne veut pas que je mange de dessert, ni que j'achète des friandises.

— Moi, j'aime les gâteaux, dit Nina, je ferai une tirelire quand je serai plus grande. »

Elle acheta donc le chou à la crème et la galette, qu'elle avala prestement, et qui lui donnèrent mal au cœur, ce qui l'empêcha de bien dîner.

Louise, très-sobre, n'était jamais malade ; Nina, au contraire, avec mille friandises, se donnait des indigestions fréquentes, qui lui faisaient un teint pâle et maladif.

Un autre jour, madame Courschamps, étant allée faire des emplettes, laissa les deux petites seules pour garder le magasin.

Voilà qu'une marchande vint vendre des cerises dans une petite voiture, juste en face de la boutique. Ces fruits frais et vermeils attiraient l'attention des acheteurs.

« Oh ! les belles cerises, s'écria Nina en courant sur le seuil de la porte, je n'en ai pas encore mangé. Les aimes-tu, Louise ?

— Oui, répondit-elle, de tous les fruits ce sont ceux que je préfère, et quand elles sont bon marché, on déjeune bien avec du pain et des cerises.

— Toi qui as des sous, tu devrais en acheter une demi-livre, cela ne te coûterait que vingt centimes.

— Il faudrait casser ma tirelire, je m'en garderai bien ; ensuite je ne mange rien entre mes repas, tu le sais bien.

— Quel dommage ! je n'ai qu'un sou, la marchande ne voudra pas m'en donner pour si peu. Oh ! comme j'en mangerais bien !

« Tiens, dit Nina, il me vient une idée : j'ai dans ma malle un manche de couteau en ivoire et en argent dont la lame est cassée ; je vais demander à la marchande si elle veut me donner des cerises en échange. »

Nina alla chercher son manche de couteau, et revint peu après le tenant à sa main, et dans son tablier, un petit panier.

« Madame, dit-elle à la femme, voulez-vous me donner plein mon panier de cerises pour ce manche de couteau ? voyez ; c'est de l'ivoire et de l'argent. »

La marchande tourna et retourna le couteau, et finit par accepter le marché. Nina, bien joyeuse, présenta son petit panier, que la marchande se mit à remplir.

« Mais comme il est creux, ton panier, petite, voilà plus d'une livre de cerises que j'y mets, et il n'est pas plein! »

Nina se mit à rire, et rentra vivement dans le magasin, dont elle ferma la porte. Elle montra alors à Louise que son panier n'avait pas de fond et que les cerises étaient tombées dans son tablier.

La marchande, par cette tromperie, lui en avait donné plus de deux livres.

« Mais tu as volé cette pauvre femme, dit Louise indignée!

— Ma foi, tant pis pour elle, mon couteau vaut encore plus que ses cerises; nous allons joliment nous régaler : tiens, prends-en.

— Merci, dit Louise, je n'ai pas faim.

— Mais puisque tu les aimes, voyons, manges-en.

— Non, je ne veux pas en prendre. »

Nina, peu contrariée du refus, se mit à les avaler jusqu'à la dernière. Elle venait de les achever quand madame Courschamps rentra.

On ne peut manger outre mesure sans danger. Toutes ces cerises gonflèrent dans l'estomac de Nina, qui devint pâle ; elle étouffait, tant et si bien qu'elle se sauva dans une petite cour, où heureusement elle vomit toutes les cerises ; sans cela elle aurait pu en mourir.

La lingère s'informa alors d'où elle avait tous ces fruits, encore fort chers. La petite gourmande fut bien obligée d'avouer ce qu'elle avait fait.

« Et toi, Louise, as-tu mangé des cerises ?

— Non, Madame.

— Je m'en doutais, tu es aussi sobre que Nina est gourmande. »

Quelque temps après, Louise montra encore sa grande sobriété à la maitresse.

Un samedi, sa maman annonça à madame Courschamps que Louise ne reviendrait au magasin que le lundi soir.

Ayant changé d'avis, elle ramena Louise le matin même.

La lingère venait de sortir pour toute la journée, laissant à Nina sa tasse de lait pour son premier déjeuner, du bœuf, une saucisse et du fromage pour son second déjeuner. Elle ne devait rentrer que le soir, pour diner.

Louise n'avait rien mangé, mais cela ne la tourmenta guère.

Elle se fit couper un morceau de pain par une ouvrière, et mordit gaiement dedans.

A midi, Nina lui offrit bien de partager son diner, mais Louise ne voulut pas l'en priver ; elle se fit couper un autre morceau de pain, et dit à l'ouvrière, qui voulait lui donner des provisions serrées dans le buffet de madame Courschamps :

« Ce n'est pas la peine, on peut bien vivre un jour avec du pain, je n'en maigrirai pas, allez ! »

Le soir, la lingère fut étonnée de voir Louise, elle lui demanda ce qu'elle avait mangé.

« Du pain, Madame.

— A tes deux repas?

— Oui, Madame.

— Tu as eu tort, mon enfant, il y avait du poulet et des confitures dans le buffet.

— Ah ! Madame, maman m'a bien recommandé de ne jamais rien prendre quand vous n'étiez pas là.

— En vérité, dit madame Courschamps, je n'ai jamais vu une petite fille aussi sobre que toi. »

Les ouvrières de l'atelier recevaient souvent de

petites gratifications des pratiques ; aussitôt elles envoyaient les deux jeunes apprenties chercher du café, des gâteaux, des liqueurs.

Une fois, une dame ayant donné une assez forte somme, comme toujours, les ouvrières envoyèrent chercher des friandises pour faire une collation. Louise et Nina, en ayant leur part, furent invitées à partager cette petite fête.

Nina ne se fit point prier, mais Louise ne voulut rien prendre, répétant son refrain :

« Je n'ai pas faim.

— Un gâteau se mange sans appétit, dit une ouvrière.

— Maman m'a défendu de manger entre mes repas.

— Une fois n'est pas coutume !

— Eh bien, si vous voulez que je vous dise ma pensée, la voici, ajouta Louise : l'argent dépensé en friandises est perdu ; on prend l'habitude de se régaler, et on gaspille ce qui pourrait mieux s'employer, car il ne reste rien des bonnes choses qu'on mange.

— Voilà une petite fille, dit madame Cours-champs, qui vous donne une leçon de sobriété et d'économie dont vous devriez profiter. Cet argent que vous dépensez si facilement est cependant bien long à gagner, et dans vos ménages il y ferait du bien. »

Un soir, en se couchant, Louise dit à sa camarade :

— Demain samedi, je casserai ma tirelire et j'achèterai du sucre pour la fête de maman; si j'ai assez de sous, j'y ajouterai un peu de café : c'est ça qui lui fera plaisir à ma chère mère !

Le lendemain elle cassa donc la tirelire ; il y avait dix-huit sous.

Louise acheta une livre de sucre, une once de café et un petit bouquet de violettes.

Elle arrangea ses petites provisions dans un panier avec ses habits, qu'elle emportait pour le dimanche, le ferma avec une ficelle et le posa dans un coin du magasin.

Sa mère vint la chercher, le soir, pour l'amener passer le lendemain chez elle.

Louise, après avoir embrassé sa maîtresse et sa compagne, prit son panier à son bras et suivit sa mère, toute joyeuse de la surprise qu'elle voulait lui faire.

« Comme il est lourd mon panier, disait-elle, tout en marchant; j'ai peine à le porter ! »

Arrivée chez sa mère, le bras lassé par ce panier si lourd, elle ôta la ficelle pour prendre son petit cadeau et l'offrit à sa maman.

Mais que vit-elle dans son panier !

Un gros pain de sucre, une grosse poche pleine de café près de la livre de sucre, et l'once de café qu'elle avait achetée elle-même.

« Voyez donc, maman, ce pain de sucre et cette poche de café ; ce n'est pas à moi, mais sûrement à Madame, qui se sera trompée en croyant mettre ses provisions dans son panier à elle, tandis qu'elle les a mises dans le mien.

« Il faut, bien vite, aller lui apprendre sa méprise. »

La maman, non moins étonnée, prit le panier avec tout ce qu'il contenait, et revint avec sa petite Louise chez madame Courschamps.

Dès que cette dame les vit entrer dans le magasin, elle se mit à rire, devinant bien ce qui amenait la mère et la fille ; cette dame leur dit :

« C'est moi qui ai mis un pain de sucre dans le panier de Louise pour la récompenser de sa sobriété. Depuis six mois qu'elle est ici, j'ai mis à part le morceau de sucre qu'elle ne veut pas mettre dans son lait ; tous ces morceaux ont fait le poids égal au pain que vous avez trouvé. Le café aussi est une récompense de sa bonne conduite.

» En lui donnant cela, je savais lui faire le seul cadeau qu'elle désirât. »

Cette petite fille si sobre, si discrète fait votre éloge et témoigne des soins que vous avez pris pour l'élever. En l'apprenant à se priver, vous avez fait son bonheur et le vôtre bien certainement.

———

Il s'assit sur un banc, s'occupant de son porte-monnaie.
(P. 39.)

L'AVARICE

L'avarice est un défaut qui fait aimer, sans mesure, l'argent et tout ce que l'on possède.

Un avare ne désire posséder que pour garder ou
augmenter son bien.

L'argent doit servir à nos besoins, mais le bon
Dieu nous ordonne d'aider notre prochain avec ce
qui est superflu.

L'avare a le cœur dur; il voit souffrir sans être
ému. Sa plus grande peine est d'être obligé de
donner ce qu'il pourrait garder.

La pièce de vingt sous du petit Francis.

Le petit Francis allait, tous les jours, avec sa bonne jouer au square des Arts et Métiers. Sa maman lui donnait, chaque fois, trois sous qu'il disposait ainsi :

Un croissant d'un sou;

Un verre de coco ou de limonade d'un sou et un sou d'aumône à un vieux joueur d'orgue qui se plaçait toujours au même endroit.

Un jour que la maman de Francis n'avait pas trois sous de monnaie pour les donner à son petit garçon, elle voulut envoyer changer une pièce de vingt sous.

« Oh! maman, dit Francis, laissez-moi cette pièce, j'en aurai pour six jours; vous ne me donnerez qu'un sou pour le septième, et je mettrai cette belle pièce dans mon joli porte-monnaie vert. »

La mère, voyant qu'il en avait tant envie, la lui donna et lui recommanda de ne pas la perdre en jouant.

Francis s'empressa de la serrer dans son porte-monnaie, et ce porte-monnaie il le mit précieusement dans sa poche, où sa main le serrait bien fort.

Il alla avec la bonne au square; mais au lieu de jouer et gambader, il s'assit sur un banc, s'occupant de son porte-monnaie, qu'il avait peur de perdre.

Sa bonne, voyant l'heure où d'ordinaire il allait chercher son croissant, lui dit :

« Allons-nous chercher votre gâteau ?

— Je n'ai pas faim, répondit Francis.

— Seriez-vous malade ?

— Mais non, ma bonne, je ne veux pas manger.»

Il avait faim, cependant, le petit Francis, mais il ne voulait pas changer sa pièce, ni en ôter un sou. Il préféra endurer le supplice d'avoir besoin de manger.

Pour détourner l'attention de sa bonne, il se mit à regarder les images étalées à la vitrine d'un marchand de journaux.

Mais voilà que le marchand de coco, dont

Francis était un client, tournait autour de lui en agitant son verre d'étain, ce qui fait, comme vous savez, une petite musique annonçant son approche.

Francis semblait tout absorbé par les images; au fond, il enrageait de sentir le marchand tourner autour de lui.

« Vous ne buvez donc pas? demanda la bonne.

— Puisque je n'ai pas mangé, je n'ai pas besoin de boire! »

C'était assez juste; aussi cette fille ne répondit rien.

En sortant du jardin, Francis vit bien le pauvre qui lui tendait sa casquette, mais l'enfant détourna la tête. Quoique son cœur fût ému, il ne put se décider à changer sa chère pièce.

Dès son arrivée à la maison, il se faufila à la cuisine pour demander un morceau de pain; il mordit dedans avec bonheur, car il avait faim.

Le lendemain, sa pièce encore tout entière garnissait le porte-monnaie vert. Il alla au square, comme d'habitude, il y joua davantage, et commençait à s'accoutumer au bonheur de posséder ses vingt sous, qu'il avait moins peur de perdre.

Après plusieurs courses, Francis vint s'asseoir

près de sa bonne, et tira de sa poche un morceau
de pain qu'il se mit à manger.

« Tiens, tiens, dit la bonne, vous avez apporté
du pain de la maison ?

— Je n'aime plus les croissants. »

Francis mentait

« Ni la limonade non plus ?

— Je n'ai pas soif.

— C'est bien drôle, ajouta Rosalie : vous ne
voulez plus de croissants, vous ne buvez plus de
limonade, vous ne dépensez pas vos trois sous;
ah ! je vois ce que c'est, vous voulez faire des économies. Est-ce pour acheter un château ? »

L'enfant rougit, mais ne répondit rien.

Au moment de quitter le jardin, il inventa mille
prétextes pour sortir du square par une autre
porte que celle où se trouvait le pauvre joueur
d'orgue.

Dans le trajet du jardin à sa maison, Francis
et sa bonne passèrent près d'une borne-fontaine
à laquelle plusieurs personnes prenaient de l'eau.

« Si je buvais à cette fontaine ? dit le petit garçon à cette fille : j'ai bien soif.

— Oh ! par exemple, c'est trop fort ! vous ne
voulez plus acheter de limonade, et vous boiriez

à cette fontaine ! Je ne le souffrirai pas ; vous attendrez d'être à la maison pour vous désaltérer.»

Toutes ces petites ruses pour ne pas changer sa pièce durèrent six jours.

Le septième, au moment où Francis partait pour le jardin, sa maman lui donna un sou.

« Voilà, lui dit-elle, ce qui fera tes trois sous pour la journée, puisque ta pièce devait te durer six jours. »

Francis ne dit point à sa mère que la pièce était encore entière dans son porte-monnaie ; Rosalie n'en dit rien non plus.

Dans le jardin, il mangea le morceau de pain qu'il avait eu soin de prendre à la maison.

En sortant du square, la bonne entraîna Francis par la porte où se tenait le pauvre, qui, en le voyant, lui tendit sa main, semblant lui dire, par son air triste :

Pourquoi me refuser l'aumône?

« Vous ne donnez rien à votre pauvre? dit la bonne, voyez comme il tend la main.

— Je n'ai pas de monnaie ; je n'ai qu'une pièce de vingt sous et ne veux pas la changer.

— Mais vous avez le sou que votre maman vient de vous remettre.

— Je veux le garder.

— Oh ! le vilain avare ; que c'est laid d'être avare !

— Mais je ne suis pas avare, moi.

— Si, vous êtes avare. Depuis que vous avez une pièce, vous n'avez rien donné au pauvre, et vous le voyez vous tendre la main tous les jours, Vous deviendrez dur, si vous continuez ; vous ne penserez qu'à rassembler des sous pour en faire des pièces, et quand vous mourrez, vous n'irez pas au ciel. Les avares n'y vont pas. »

Francis baissa la tête ; il avait l'air de compter ses pas.

Voilà qu'en passant dans une rue déserte, pour rentrer chez eux, ils rencontrèrent une petite fille qui venait de chez la crémière, portant du lait dans un bol.

Soit étourderie, soit accident, la petite fille tomba tout près de Francis. Le bol se cassa et le lait se répandit.

La bonne et l'enfant la relevèrent. Elle pleurait bien fort.

« Tu t'es fait du mal? lui demanda Rosalie.

— Non, pas trop, mais mon bol est cassé, ma tante va me battre ; ce n'est pourtant pas ma faute.

— Combien ça peut-il coûter un bol ? dit Francis, tout bas, à sa bonne.

— Dix sous, je crois.

— Si je lui achetais un autre bol, à cette pauvre petite, avec mes vingt sous, je ne serais peut-être plus aussi avare après?

— Vous ne le seriez pas du tout, si vous faisiez cela, mon petit Francis, puisque les malheurs du pauvre vous affligent, et que vous voulez les soulager.

— Alors achetons un autre bol et du lait. »

Rosalie embrassa le jeune garçon, expliqua à la jeune fille que cela faisait de la peine à son petit monsieur de la voir pleurer, et surtout de penser qu'elle serait battue, et que pour l'empêcher il voulait, de son argent, lui acheter un autre bol et du lait.

La petite fille, subitement consolée, alla avec Francis et sa bonne chez la laitière, qui, justement, vendait de la faïence. On choisit un bol, le plus possible pareil à l'autre; il fut rempli de lait. La petite fille remercia bien le bon jeune monsieur, et se sauva chez elle.

Francis tira la fameuse pièce de son porte-monnaie, et la donna à la marchande, qui lui rendit neuf sous : le bol et le lait en coûtaient onze.

En rentrant chez lui, Francis raconta tout à sa mère.

Le lendemain, il ne voulut pas des trois sous de chaque jour, il en avait encore.

Il acheta au square un croissant, il but un verre de limonade, et, en sortant, il donna sept sous au vieux pauvre en lui disant :

« Je vous donne sept sous, aujourd'hui, parce que je n'avais pas de monnaie ces jours passés. Mais j'en aurai toujours maintenant. »

Francis ne fait plus de bourse ; il est, espérons-le, corrigé pour toujours de son penchant à l'avarice.

L'économie du pauvre est une vertu ; l'économie excessive du riche est un vice : l'amour de l'argent endurcit le cœur.

Torchée de son embarras, elle s'agenouilla devant lui.
(P. 52.)

LA CHARITÉ

La charité est une amitié que l'on a pour son prochain, avec l'idée de plaire à Dieu.

Faire la charité, c'est donner ce que l'on possède à ceux qui souffrent ou qui sont dans le besoin.

Un enfant charitable est toujours bon. Il ne peut voir souffrir sans souffrir lui-même, et sa première pensée est de faire cesser la souffrance.

Plus celui qui donne est pauvre, plus il a de mérite à donner.

Pour que la charité soit une belle et bonne action, il faut se priver de ce qu'on offre et le donner sans désirer qu'on en parle. La charité doit être secrète.

Le soldat en billet de logement.

Architecte de la ville de Compiègne, M. Durer avait deux jolis petits enfants: un garçon du nom de Julien, une petite fille du nom de Juliette.

Leurs charmants caractères, leur bonne nature, faisaient la joie des parents.

Cette joyeuse famille habitait une maison, au milieu des grands bois, tout près de la ville.

Les enfants n'allaient pas à l'école, la maman leur apprenait à lire et à écrire après les soins donnés à son ménage

Un soir d'automne, un vent violent courbait la cime des grands arbres; la pluie tombait fine et froide. Madame Durer et ses enfants avaient allumé un grand feu à la cuisine et se chauffaient.

« Quel temps affreux, disait Juliette, que je plains ceux qui sont dehors par cette tempête; la maison en semble ébranlée ! Que nous sommes heureux près de ce bon feu, surtout sachant bien que papa est à l'abri ! Que le bon Dieu protége les voyageurs ! »

En ce moment on sonna à la porte.

« Courons vite ouvrir, dit Juliette, c'est sans doute un pauvre voyageur surpris dans la forêt par l'ouragan, que le bon Dieu nous envoie pour le secourir et l'abriter. »

La mère voulait aller réveiller la servante, déjà couchée ; mais Julien et Juliette la pressèrent d'aller ouvrir.

Elle prit donc une lanterne, et, suivie de ses deux enfants, elle alla tirer les verrous de la porte.

Alors se présenta un jeune soldat, tenant à la main un billet de logement.

Madame Durer le fit entrer dans la cuisine ; à la clarté de la lampe, la petite famille vit que ce soldat était tout jeune et paraissait souffrant.

Julien s'empressa de lui avancer une chaise près du feu ; Juliette le débarrassa de son shako, l'aida à déboucler son ceinturon, car le militaire pouvait à peine se servir lui-même.

Madame Durer lui demanda s'il était malade ; il répondit qu'une trop longue course avait blessé ses pieds, et qu'il souffrait beaucoup.

« Maman, dit Juliette, faisons chauffer de l'eau nous y mettrons de ces plantes bienfaisantes que vous avez fait cueillir dans les champs, et qui adoucissent les blessures ; nous ferons baigner dans cette eau ses pieds malades, et cela lui fera du bien. »

La maman approuva l'idée de sa petite fille : elle mit de l'eau et les herbes dans un vase sur le feu, les fit bouillir pendant quelques minutes, et prépara, avec ces herbes bouillies, un bain de pieds pour le pauvre blessé.

Le jeune homme essaya alors de déboutonner ses guêtres, mais sa grande faiblesse l'empêcha d'y parvenir.

Juliette, touchée de son embarras, s'agenouilla devant lui, ôta sa chaussure, ses bas, tout souillés de boue et de sang ; de ses petites mains blanches et douces elle lava délicatement les plaies qu'elle essuya, plus délicatement encore avec un linge fin.

Pendant ces doux soins, la maman préparait, sur une petite table, du bouillon, du vin et les restes du souper de la famille ; mais la fatigue et les souffrances empêchaient le petit soldat de manger.

Il raconta à madame Durer qu'il était devenu
orphelin à dix-sept ans; que ne pouvant aller continuer son éducation au collège, à dix-huit ans il
s'était engagé, et qu'en rejoignant son régiment,
en garnison à Strasbourg, ses pieds, peu accou-
tumés à la marche, avaient été blessés.

Il espérait qu'une nuit de repos lui permettrait
de faire, le lendemain, l'étape désignée sur sa
feuille de route.

Les bons petits enfants chauffèrent son lit et
firent brûler du sucre dans la bassinoire. Malgré
tant de soins, le lendemain, notre jeune soldat
avait encore les pieds trop malades pour continuer
son chemin.

Madame Durer le garda huit jours dans sa maison. Un chirurgien du régiment en garnison à
Compiègne, déclara que le jeune soldat ne pouvait
se mettre en route.

Pendant ces huit jours, on soigna le blessé
comme un fils et comme un frère.

Le jour de son départ, Julien força le jeune
soldat d'accepter ses petites économies. Juliette,
en son intention, cassa sa tirelire pour qu'il pût
voyager en voiture. Touché de tant de bontés, le

militaire Bernard promit de ne jamais oublier une si charitable famille.

Lorsque M. Durer revint de voyage, ses enfants lui racontèrent le passage du petit soldat.

Le papa les embrassa bien tendrement pour les récompenser des bons soins qu'ils avaient donnés au pauvre voyageur malade.

Quelques années après, le malheur accabla la famille Durer. Le père tomba du haut d'une maison qu'il faisait bâtir et se tua.

Ce malheur annoncé brusquement à madame Durer lui causa une telle secousse qu'elle en mourut.

Les deux enfants restèrent orphelins, sans aucune ressource; les frais d'enterrement de leurs parents épuisèrent tout ce qu'ils possédaient.

Julien fut mis en apprentissage, par un de ses oncles, chez un menuisier de Soissons, et Juliette placée chez une lingère de la même ville.

Julien et Juliette accomplissaient avec courage leur besogne; on les aimait parce qu'ils étaient bons, serviables, polis, et leurs patrons avaient pour eux beaucoup de complaisance et d'amitié.

Tous les dimanches, Julien allait chercher sa sœur, chez sa maitresse; il la menait avec lui à la

messe, et puis ils se promenaient dans la campagne, parlant de leurs bons parents.

Un jour d'hiver, le patron de Julien l'envoya
porter une lettre pressée au château de Vauxbrian,
dans les environs de Soissons.

Le jeune garçon alla chercher sa sœur, voulant
faire de cette course un but de promenade; l'air
était froid, mais sec; ce fut donc gaiement qu'ils
entreprirent ce petit voyage.

Ils remirent la lettre à son adresse, et après
s'être reposés un moment, ils reprirent le même
chemin pour revenir à Soissons.

Voilà que tout à coup un violent vent s'éleva;
d'abord les enfants s'en amusèrent, mais bientôt
à ce grand vent se mêla une pluie fine et froide
qui les glaça.

Il leur tardait donc d'être à la ville, dont ils
étaient, hélas! encore loin.

Le vent faisait voler des tourbillons de feuilles
mortes qui les aveuglaient; les branches des
arbres s'entre-choquaient avec un bruit sinistre,
la campagne devenait déserte.

« Quel temps affreux, disait Juliette en luttant
contre l'ouragan ; il me rappelle celui qu'il faisait

quand nous logeâmes ce petit soldat, Bernard,
dans notre maison de Compiègne !

« Notre bon père et notre bonne mère vivaient
alors ! nous étions heureux et aimés ! aujourd'hui
nous sommes deux pauvres orphelins isolés sur.
cette grande terre. »

Les réflexions de Juliette firent pleurer Julien,
et tout en faisant face à l'orage, ils pleuraient ensemble.

« Prends courage, ma sœur, dit enfin Julien,
ne pleurons plus ; le vent se calmera, et le bon
Dieu, qui protége les pauvres et les orphelins,
nous aidera.

— Tiens, vois là-bas des maisons, nous allons
demander qu'on nous permette d'y attendre la fin
de cette tempête. »

Juliette essuya ses yeux et se remit à marcher
avec courage.

Ils atteignirent les premières maisons d'un petit
hameau ; elles étaient fermées, mais ayant vu fumer
la cheminée de l'une d'elles, ils allèrent frapper à
la porte.

Une vieille femme vint ouvrir, et par la porte
entre-bâillée ils virent dans l'âtre un beau feu qui
flambait.

« Que voulez-vous, mes petits? dit-elle.

— Ma sœur est transie de froid, répondit Julien, voudriez-vous nous permettre de nous réchauffer à votre feu et d'attendre que l'ouragan soit calmé?

— Entrez, entrez, pauvres petits; asseyez-vous près de la cheminée, il ne fait pas bon voyager de ce temps-là. »

Cette douce chaleur, cette vive flamme ranimèrent les enfants qui, bientôt après, se mirent à sourire, et le grand vent qui sifflait encore dans les grands arbres ne les attristait plus; la vieille femme leur fit des questions auxquelles ils répondirent. Elle s'apitoya sur le sort de ces pauvres orphelins, et leur apprit qu'elle aussi avait eu quatre beaux garçons, que tous étaient morts, ainsi que son mari, et qu'elle vivait seule et bien triste.

Cette bonne veuve voulut faire souper les enfants, qui refusèrent; cependant elle insista, et ils acceptèrent sa bonne soupe bien chaude, des raisins conservés, des noix, du bon vin qui leur réjouit le cœur.

Vers le soir, le vent s'apaisa; Julien et Juliette, après avoir bien remercié la mère Catherine. revinrent à Soissons.

Avant de la quitter, ils lui promirent de venir la voir le dimanche suivant ; ils avaient été touchés de sa bonté, et elle charmée de leur gentillesse.

« Tu vois bien, disait Julien en revenant à Soissons, nous avons trouvé, nous aussi, cette bonne et charitable veuve qui a eu pitié de nous.»

Le dimanche suivant, nos deux enfants, après la messe et leur déjeuner, allèrent faire visite à la vieille Catherine. Mais Julien, désirant la remercier de la bonne hospitalité qu'elle leur avait accordée, voulut lui apporter un petit présent. Après avoir longtemps hésité sur le choix du cadeau qu'il voulait faire, il finit par lui acheter une once de café en poudre.

Son patron lui donnait vingt sous, chaque dimanche, quand il avait bien travaillé toute la semaine. Juliette, qui gagnait elle aussi quelque argent, acheta pour quatre sous de sucre.

La bonne veuve fut très-sensible à la délicate attention de ces aimables enfants et les embrassa tendrement.

Ils restèrent avec elle toute l'après-midi, et rentrèrent à Soissons pour dîner, non sans promettre une autre visite, pour le dimanche suivant.

Julien et Juliette prirent si bien l'habitude d'aller passer leur dimanche chez la bonne veuve, qu'ils ne savaient plus s'en passer. Ils lui racontaient leurs petites affaires; bref, elle s'intéressa tant à eux, qu'elle se chargea de garder leur argent, qu'ils auraient pu dépenser légèrement.

Julien était devenu un bon ouvrier menuisier, Juliette une habile lingère, et tous les deux gagnaient de grosses journées.

La bonne Catherine s'attachant tous les jours davantage à ces bons enfants, se résolut à vendre sa petite maison, pour en acheter une autre, avec un joli petit jardin, dans le faubourg de Reims.

Julien fit lui-même les travaux de menuiserie de la nouvelle habitation, où il arrangea une chambre pour lui, et une autre pour Juliette; Catherine, installée dans sa nouvelle demeure, se chargea de les nourrir, vivant ainsi tout à fait en famille avec eux.

Or, un soir, après leur souper, ils entendirent une sonnerie bien sinistre.

Dès qu'on l'entendait à Soissons, on accourait aux portes et aux fenêtres, pour écouter une grande voix qui, aux quatre coins du clocher de la cathédrale, annonçait l'incendie.

Le guetteur, l'homme qui veille toutes les nuits sur la ville, cria dans son porte-voix après avoir sonné la cloche d'alarme :

« Le feu est à Bussy-le-Long. »

Ce cri fut répété quatre fois, et l'on vit le ciel tout rouge du côté de Bussy, avec de grandes flammes qui s'élevaient parfois bien au-dessus des fortifications.

« Allons faire la chaîne, s'écria Julien ; nous serions bien aises, si notre maison brûlait, qu'on nous vînt en aide aussi.

— Allons donc faire la chaîne, » dirent Catherine et Juliette.

La porte de la maison fut fermée, et la vieille femme avec ses deux jeunes pensionnaires se mirent à courir du côté de l'incendie.

Les pompiers arrivèrent traînant leurs pompes ; la chaîne s'organisa : hommes, femmes, enfants, se passèrent de main en main des seaux pleins d'eau, qu'on jetait sur les flammes à l'aide des pompes.

Les mains s'écorchaient à cette besogne ; mais tous les cœurs, émus de pitié pour les malheureux incendiés, oubliaient les souffrances du corps.

Un régiment tout entier arriva au pas de course, les soldats se mirent eux aussi à la chaîne.

Chacun questionnait un jeune sous-officier qui passait et repassait devant les travailleurs pour porter des ordres.

« Eh bien ! lui criait-on, où en est le feu ?

— Il brûle toujours violemment.

— Y a-t-il du monde dans la maison incendiée ?

— Une vieille femme couchée dans une chambre haute ; on fait des efforts pour la sauver.

— La bonne femme est sauvée !

— On descend les meubles par les fenêtres.

— Le feu se ralentit.

— Le feu est éteint, mais une partie du mobilier est brûlée, hélas ! »

L'incendie avait duré trois heures : et le jour allait paraître, quand ceux qui avaient fait la chaîne commencèrent à se retirer.

Un homme prit sa casquette et y jeta quelques gros sous en disant :

« Pour les pauvres brûlés ! »

Tout le monde suivit son exemple, et les gros

sous, même les pièces, pleuvaient dans cette
bourse du pauvre.

Julien consulta à la hâte Catherine et Juliette,
après quoi il courut à la maison, puisa dans chaque bourse une petite offrande pour les brûlés, et
vint la déposer dans la casquette.

En rentrant chez eux, à la porte de Reims,
Catherine, Julien et Juliette passèrent devant le
régiment, qui revenait du feu.

Des officiers faisaient l'appel de leurs soldats
avant de rentrer à la caserne, afin de savoir si
aucun homme n'avait péri dans l'incendie.

Julien remarqua alors un jeune sous-officier
dont la figure ne lui semblait pas inconnue ; il le
montra à Juliette en lui disant :

« Regarde ce sous-officier, il me semble que
nous le connaissons.

— Mais c'est Bernard, le petit soldat, s'écria
Juliette.

— Tiens ! c'est vrai, dit à son tour Julien, je le
reconnais maintenant. »

Et s'approchant du jeune sous-officier, il lui
dit :

« Bonjour, Bernard ! »

Le jeune soldat étonné regarda Julien un moment sans rien lui dire, puis il lui sauta au cou, en s'écriant :

« Julien Durer ! ta mère, ta sœur, où sont-elles ? »

Julien l'entraîna près de Juliette, qui à son tour l'embrassa avec joie.

Le frère et la sœur lui apprirent la mort de leurs parents et racontèrent leur histoire.

Bernard, de son côté, annonça qu'il avait change de régiment et qu'il était en garnison à Soissons depuis huit jours seulement.

Il s'était promis d'aller à Compiègne pour les voir, les croyant toujours dans cette ville.

Nos trois amis, après s'être bien témoigné leur joie de se retrouver, convinrent de dîner ensemble, le lendemain dimanche, chez la mère Catherine.

Tout le temps que Bernard ne passait pas à la caserne, il allait à l'atelier de Julien ; il apprit l'état de menuisier, avec la permission de son colonel, et son temps de soldat fini, il savait un état.

Julien est aujourd'hui entrepreneur de menuiserie ; Bernard est son associé et le mari de Juliette.

La mère Catherine, aimée, respectée comme une mère par eux tous, leur sert toujours de ménagère.

———————

Il s'endormit. (P. 72.)

LA PARESSE

La paresse est un défaut qui rend un enfant négligent à remplir ses devoirs.

Le bon Dieu nous ayant créés pour le connaître, l'aimer, le servir, et par ce moyen obtenir la vie éternelle, le travail est un moyen de gagner le ciel.

L'enfant a une tâche à remplir, et comme toute créature, il est condamné au travail.

Le paresseux est poussé à tous les mauvais sentiments. Un enfant qui n'aime pas le travail ne peut être vertueux; le mal le tente, et son cœur amolli n'a pas la force de résister à la tentation.

La vache mal gardée

Une vieille paysanne du nom de Babet avait perdu tous ses parents; il ne lui restait qu'un petit-fils, l'enfant de sa fille, jeune garçon de dix ans, nommé Nicolas.

Elle l'aimait comme l'unique rejeton de tous les siens, quoiqu'il se montrât peu digne de cette affection.

Jamais on n'avait vu un tel paresseux; il marchait en se traînant ses pieds d'un air dolent, faisant toutes choses avec lenteur.

Quand sa grand'mère lui donnait du travail, si elle n'était pas là pour le pousser, il le faisait mal ou pas du tout; mais de lui-même, l'idée de s'occuper ne lui serait pas venue. Il passait son temps à dormir ou à jouer.

Sa grand'mère, pour l'exciter au travail, l'envoya à l'école. Ah bah! il jouait avec feu, man-

geait avec entrain ; mais dans les classes et pendant les leçons, il s'asseyait bien carrément sur
son banc et faisait tranquillement son petit somme.
Aussi, après trois mois d'école, il ne connaissait
pas trois lettres de son alphabet.

Sa grand'mère lui disait souvent :

« La paresse traîne avec elle tous les vices. »

Cela ne le corrigeait pas, et il ne se passait
guère de jour qu'elle n'eût à le gronder pour sa
fainéantise, dont elle était bien loin de lui donner
l'exemple.

La bonne femme vivait et faisait vivre, par son
travail, ce paresseux de Nicolas, sans qu'il vînt à
l'idée de celui-ci de la soulager.

Babet filait du chanvre en été, de la laine en
hiver, et tout en tournant activement son fuseau,
elle gardait une jeune vache dans un pré.

Cette petite bête appartenait à une dame veuve,
riche, pleine d'affection pour Babet, avec qui elle
avait été élevée.

Cette génisse folâtre courait dans le pré, et il n'y
avait à cela nul inconvénient ; mais un champ de
blé bordait le pré, qu'aucune haie ne protégeait,
et il appartenait au meunier du village.

Si l'on n'eût pas fait bonne garde, la petite bête

serait allée fourrager le champ du voisin. Cette active surveillance était une rude besogne pour la pauvre Babet.

Parfois elle amenait Nicolas pour lui aider ; mais au lieu de veiller, il se traînait de place en place ou s'endormait dans les buissons.

Or, un matin, madame Vergne, la maîtresse de la jeune vache, envoya Babet à la ville pour faire une commission importante, et qui devait la retenir jusqu'au soir.

Pendant que cette dame donnait ses instructions à la vieille femme, la génisse, enfermée dans son étable, contrairement à ses habitudes, beuglait d'une façon lamentable, devinant bien que l'heure d'aller au pré était passée depuis longtemps

Les deux femmes en furent émues.

« Si l'on essayait, dit madame Vergne, de l'envoyer à son pré sous la garde de Nicolas ?

— Il est si paresseux, répondit tristement Babet ; il la gardera mal, et elle ira manger le blé en herbe, le meunier se fâchera.

— Je lui donnerai un bon dîner pour l'engager à bien surveiller la génisse. »

Babet se laissa persuader et alla chercher son petit-fils.

Madame Vergne le sermonna longuement, et
Nicolas promit de surveiller la bête.

Babet partit donc pour la ville, tandis que son
fils allait conduire la génisse au pré.

Jusqu'à midi, tout marcha assez bien ; la vache
réussit bien à attraper par-ci par-là quelques brins
de blé, tandis que Nicolas cherchait des fraises,
mais enfin il y avait peu de mal.

Quand sonna l'Angelus au clocher du village,
Nicolas, — il faut être juste, — se leva pour le
réciter, puis, ce devoir rempli, il se prépara à bien
dîner, besogne qu'il remplissait toujours avec
beaucoup d'ardeur.

Il étala sur l'herbe, à côté de lui, toutes les
bonnes choses données par madame Vergne ; il
réjouissait ainsi ses yeux en même temps que son
estomac.

Il mangea lentement. pour savourer davantage
son pain blanc, son lard, ses prunes, ses figues,
arrosant le tout d'une excellente piquette contenue
dans une gourde.

Son repas fini, il étendit sa petite personne tout
de son long, et il regardait glisser les nuages,
chose bien amusante, j'en conviens, et pas fati-
gante du tout.

De temps en temps, il levait la tête pour voir où en était la vache. Insensiblement elle s'approchait du champ interdit.

Nicolas avait bien le désir de courir pour la détourner de cet endroit dangereux et la faire revenir à sa provende légitime; mais le soleil était si chaud, l'envie de dormir si grande !

Il sentait qu'en courant après sa bête, cela le réveillerait, et il se dit, pour s'excuser, que si elle allait au champ défendu elle ne pourrait pas y faire grand tort, et que d'elle-même elle reviendrait à so.1 herbe.

Ce raisonnement fait, il s'endormit.

La vache, il est vrai, mangea dans son pré assez longtemps, puis, peu à peu, elle s'approcha du blé. Ne voyant personne pour l'en éloigner, peut-être pensa-t-elle, dans son esprit de bête, que ce jour-là on lui donnait permission d'y entrer.

Et la voilà broutant, saccageant, piétinant dans tous les sens ce pauvre blé en herbe, de long, de large, en travers, en zigzag, si bien qu'il n'en resta guère debout de ce beau blé auparavant si droit.

La vache espérant trouver un blé meilleur, joyeuse sans doute de n'entendre aucun cri pour la rappeler à l'ordre, de ne sentir aucun aiguillon pour la faire rentrer sur ses terres, s'abandonna à son humeur vagabonde, et alla toujours tout droit sans s'inquiéter davantage du bouvier ni du bâton.

Sur le soir, le soleil se cacha derrière la plus haute montagne; les oiseaux ne sautillaient plus sur les branches, un petit vent frais faisait bruire les feuilles des grands peupliers. Nicolas s'éveilla.

Il se redressa à demi et du regard chercha la vache.

Il ne la vit d'aucun côté; alors il se leva vivement, et se mit à courir en l'appelant de toutes ses forces :

« Roussille! Roussille! » c'était son nom.

Les échos répétèrent Roussille! mais pour la vache ce cri fut perdu; l'eût-elle entendu, je ne pense pas qu'elle se fût pressée de revenir.

La peur s'empara de notre paresseux; il courut au champ de blé; l'état où il le vit lui apprit, aussi bien que si on le lui avait dit, que la génisse avait passé par là.

Il espéra qu'elle serait revenue toute seule dans son étable; — cela s'est peut-être vu, mais cela doit être rare. — Il y courut, point de vache.

Il revint chez lui.

Babet venait de rentrer bien fatiguée de son voyage à la ville, lorsque Nicolas, d'un air fort tranquille, lui annonça que la vache s'en était allée après avoir piétiné le champ de blé, et qu'il ne savait pas du tout par quel côté elle avait passé.

La pauvre femme, à cette nouvelle, se tordit les bras de désespoir.

Elle reprocha à Nicolas son indigne paresse, et partit pour chercher la vache.

Il était plus de minuit quand Babet la trouva à une lieue du village; elle la ramena à son étable, et revint se coucher toute trempée de sueur.

Le paresseux dormait comme une marmotte. Mais le lendemain, quand Babet voulut se lever, sa tête tourna, ses jambes fléchirent, enfin elle se trouva mal et tomba au pied du lit comme morte.

Malgré son indolence, Nicolas s'effraya et appela du secours. On vint à son aide ; et la première personne qui entra fut madame Vergne qui, après avoir replacé Babet dans son lit, alla chercher le médecin.

Celui-ci arriva en toute hâte, et déclara que Babet était dans un état de maladie très-grave,

par suite d'une trop grande fatigue, et qu'il ne
répondait pas de sa vie.

C'est alors que ce paresseux eut de grands
regrets d'avoir négligé la vache et causé à sa
grand'mère tant de fatigue en allant à sa recherche.

Babet fut malade un mois tout entier. Outre de
vives souffrances, elle dépensa toutes ses économies et contracta des dettes. Cette position si
pénible retardait sa guérison. Il fallut aussi payer
au meunier une grosse somme pour son blé
détruit. La pauvre Babet se vit forcée de vendre
sa petite maison pour s'acquitter envers lui et le
médecin.

Madame Vergne, qui aimait beaucoup Babet, se
croyant un peu la cause de sa maladie et de son
malheur, lui proposa de la prendre avec elle pour
soigner la vache et son jardin. En échange elle lui
donnerait la nourriture et le logement, puisqu'elle
vendait sa maison. Mais à la condition qu'elle pla-
cerait Nicolas comme valet dans une ferme.

Elle ne voulait, en aucune façon, entendre
parler de lui.

Babet s'empressa d'accepter cette offre si avan-
tageuse. Nicolas entra dans une métairie voisine.
Je vous assure qu'on lui fait la vie rude.

Levé dès quatre heures du matin, il n'a plus le loisir de voir filer les nuages, ni de dormir sous les buissons.

Il apprend là que tous, tant que nous sommes, grands et petits, jeunes et vieux, nous avons été condamnés au travail par les lois du bon Dieu, que c'est le seul moyen d'éviter la misère, le chagrin et le mal.

Fleurissez-vous, Mesdames, achetez mes fleurs! (P. 86.)

L'ACTIVITÉ

L'activité est une belle vertu, surtout chez l'enfant pauvre.

L'enfant qui aime le travail et qui remplit avec zèle son petit devoir, est un écolier vertueux.

Tout le monde doit travailler, et les animaux en montrent l'exemple.

Un enfant qui aime le travail est un enfant heureux; il jouit bien mieux des moments de récréation qui lui sont accordés.

La paresse amène la misère; l'activité attire l'aisance et le bonheur.

Heureux ceux qui travaillent et qui aiment le travail !

Etienne le petit marchand de bouquets.

Un des nombreux jardiniers employés, par la ville de Paris, à ces jolis squares qu'on voit, aujourd'hui, dans presque tous les quartiers, avait une grande famille : quatre garçons et une fille que la mère allaitait encore.

Le père gagnait, chaque mois, quatre-vingts francs, somme bien maigre pour nourrir, habiller, loger tant de monde.

La mère, chargée de besogne pour laver, raccommoder, faire la cuisine, était dans l'impossibilité d'entreprendre aucun travail étranger aux soins de son intérieur pour augmenter les ressources de la famille.

Logés à l'étroit, comme le sont tous les ouvriers de Paris, le père et la mère, après les repas, se voyaient forcés d'envoyer les enfants jouer sur le carré, dans la cour, même dans la rue, endroit où ce petit monde n'apprenait ni la politesse, ni la propreté, ni surtout la sagesse.

Les parents auraient bien voulu qu'il en fût autrement; mais comment retenir tant de monde dans une seule pièce encombrée de meubles, d'ustensiles de cuisine et d'outils pour le jardinage?

Ces pauvres gens désiraient donc vivement qu'un des enfants fût assez grand pour être mis en apprentissage et diminuer ainsi leur trop lourde charge.

Un des garçons, le quatrième, âgé de six ans à peine, était bien plus raisonnable que ses frères; il aimait le travail, aidait sa mère dans les soins de la maison, et gardait sa petite sœur pendant que sa mère allait au bateau à lessive; enfin il se rendait utile autant que son âge et ses forces le lui permettaient.

On l'entendait souvent désirer d'être grand pour gagner sa vie et donner son gain à ses parents. Quand on parlait devant lui d'un enfant qui travaillait pour gagner de l'argent, tout de suite il demandait à sa mère s'il ne pourrait pas en faire autant. Aussi le petit Étienne était-il le chéri de son père et de sa mère,

6

Le jeudi saint, sa mère l'envoya, conduit par ses grands frères, à l'asile du quai d'Anjou. Mais grands et petits revinrent bientôt à la maison annoncer que la grande et la petite école seraient fermées jusqu'au mardi de Pâques.

« Que devenir, dit la mère à son mari, qui venait de rentrer pour déjeuner? que faire de ces quatre garçons pendant cinq jours de congé? Si on les envoie jouer dans la rue, ils feront des sottises que les voisins s'empresseront de venir me raconter ! Les garder dans la maison, il y a de quoi en devenir folle; les garçons, on ne peut les occuper dans l'intérieur; sans compter que, ne sachant que faire, ils ont faim toute la journée ! Dans quel embarras sommes-nous !

— Ma mère, dit le petit Étienne, qui tenait sa sœur sur ses genoux, c'est aujourd'hui le jeudi saint, nous pourrions aller à l'office, en passant nous verrions le quai aux Fleurs, et ce soir, vous nous mèneriez visiter les églises et le tombeau de Notre-Seigneur Jésus-Christ.

— Tiens, c'est une bonne idée que tu as là, reprit la mère ; l'office prendra la matinée et dans l'après-midi nous irons prier aux tombeaux. Je vais laver ma vaisselle, ranger ma maison et nous partirons. » La mère ayant achevé sa besogne, aidée du bon petit Étienne, conduisit toute sa bande à l'église et au marché.

Comme fils de jardinier, ces enfants aimaient beaucoup les fleurs, qu'ils connaissaient par leurs noms et leurs propriétés; ils prenaient donc de l'intérêt à les voir.

Le petit Étienne s'arrêta devant une marchande qui vendait de grosses bottes de violettes et entendit une dame lui en demander le prix.

« Six sous tout au juste, dit la marchande.

— Cinq sous, répondit la dame. »

La marchande se récria, assurant que ce n'était pas raisonnable d'offrir si peu d'argent d'un aussi gros tas de fleurs.

« Si je pouvais, disait-elle, faire de petits bouquets et vendre au détail, avec une de ces bottes j'en pourrais faire vingt que je vendrais aisément deux sous la pièce. »

La dame, persuadée sans doute par ce raisonnement, acheta un gros paquet de violettes et partit.

Ce marché, dont Étienne avait été le témoin, fit pousser dans sa petite tête un projet qu'il se hâta de mettre à exécution. Il s'approcha de sa mère et lui dit qu'il allait à la maison chercher quelque chose.

La mère, pensant que c'était peut-être un joujou qu'il désirait avoir, le laissa aller en lui recommandant de revenir tout de suite : il n'y avait dans le trajet qu'une rue déserte à traverser et pas l'ombre d'un danger.

Étienne se glissa dans la chambre et prit dans un de ses vêtements une pièce de dix sous et deux autres sous qu'il serra dans sa poche. Cet argent, — rassurez-vous, — sa marraine le lui avait donné le jour de l'an; il l'avait précieusement conservé, et vous allez voir ce qu'il en fit.

Il revint, toujours courant, près de la marchande. Sa mère et ses frères s'étaient assis sur un banc; il s'approcha de la femme aux bouquets et lui tendit les douze sous.

« Madame, donnez-moi, s'il vous plait, une botte de giroflées et une botte de violettes, mais il faut qu'elles soient bien grosses.

— Que veux-tu en faire, mon petit homme ?

— De petits bouquets que j'irai vendre à la porte de l'église, dit-il tout bas à la marchande, 'et l'argent je le donnerai à ma mère qui n'est pas riche du tout. »

La fleuriste lui donna une petite tape amicale sur la joue et lui choisit une belle botte de giroflées, une autre de violettes, et par-dessus le marché, quelques pensées et des feuilles de lierre pour entourer ses bouquets. La bonne marchande lui montra comment il fallait s'y prendre pour les faire gentils et élégants.

Étienne la remercia vivement, et plus vivement encore, cachant ses fleurs dans sa blouse, se sauva dans sa maison. Il monta dans un grenier où il porta un vase plein d'eau, il y mit ses bouquets, puis il revint au quai aux Fleurs rejoindre sa mère et ses frères qui n'avaient rien vu de son petit manége.

Le lendemain, le petit Étienne se leva de bonne heure, demanda du fil à sa mère et grimpa dans son grenier. Il fit avec beaucoup d'adresse et de goût trente-huit petits bouquets de fleurs entremêlées, attachées avec un brin d'osier et de fil. Il les plaça dans un panier et redescendit demander à sa mère la permission d'aller sur la place Notre-Dame.

La mère crut que c'était pour courir et jouer ;

comme il n'y avait aucun accident à redouter dans cet endroit, elle le laissa aller tout seul.

Il prit son panier qu'il couvrit d'une partie de son tablier, et, se glissant le long des maisons, il arriva à la porte de l'église où il s'assit sur une des marches du porche. Son panier devant lui, quelques bouquets à la main, il se mit à dire d'une voix douce :

« Fleurissez-vous, mesdames, achetez mes fleurs, elles embaument, achetez mes fleurs. »

Toutes les personnes qui entraient dans l'église regardaient avec étonnement ce tout petit garçon ; il avait près de six ans, mais on ne lui en aurait donné que quatre, tant il était chétif et fluet. Sa figure gentille et bonne, ses grands yeux bleus et doux intéressaient tout le monde. On lui achetait ses bouquets.

En moins de deux heures, il les eut tous vendus.

Quelques personnes lui donnèrent deux sous des bouquets qu'il offrait pour un sou. Il ramassa en tout cinquante-deux sous.

Heureux et fier de cette vente, il revint chez lui tout souriant et versa, sans rien dire, tous ses sous dans le tablier de sa mère.

« Qu'est-ce que tout cet argent-là? s'écria la mère fort étonnée.

— Je viens de le gagner, maman.

— Et comment ça; grand Dieu! »

L'enfant raconta ce qu'il avait fait. Si je vous avais dit mon projet, chère maman, vous n'auriez pas voulu me le laisser entreprendre de peur que je ne réussisse pas et que je ne gaspille les douze sous de ma marraine; maintenant, si vous voulez, j'irai acheter des fleurs tous les mercredis et· les samedis, j'en ferai de petits bouquets, je gagnerai ma vie, et cet argent vous aidera.

— Cher enfant, dit la mère, ton bon cœur adoucit notre pauvreté et ton activité nous sera bien profitable, »

Jugez de la joie du père quand il rentra et qu'il apprit le résultat des bonnes idées et la vaillante action de son petit Étienne.

Jugez aussi de l'étonnement et de la honte des grands garçons quand ils virent que leur jeune frère leur avait donné un si bel exemple de courage pour le travail. Ils demandèrent à l'aider dans la confection des bouquets qu'il devait vendre le samedi saint.

La mère alla chercher des bottes de fleurs,

et toute la famille se livra à l'arrangement et à la vente des bouquets.

Bientôt dans l'île Saint-Louis on connut tous ces petits marchands de fleurs. Tout le monde voulait de leurs bouquets.

Lorsque la petite sœur fut sevrée, la mère, à son tour, vendit des légumes qu'elle traîna sur une petite charrette achetée avec le gain des bouquets d'Étienne. L'aisance arriva peu à peu dans ce ménage, et cela par l'activité et le courage de ce cher enfant.

Oh! méchante! s'écria la pauvre petite fille, ma poupée est perdue. (P. 97.)

L'ENVIE

L'Envie est un défaut qui gâte le cœur d'un enfant, puisque ce sentiment l'amène à s'affliger de la joie des autres, et à se réjouir de leurs peines.

L'Envieux devine qu'il n'est pas aimé, et il ne fait rien pour se rendre aimable. Au lieu de s'accuser lui-même de la froideur qu'on ressent pour lui, il accuse tout le monde, déteste tout le monde, et c'est lui seul qui est détestable.

La Poupée noyée.

Une petite fille, nommée Angèle Florent, avait ce vilain défaut de l'envie, qui rend jaloux ou désireux du bien du prochain.

Elle croyait toujours qu'on aimait mieux ses frères et ses sœurs qu'elle-même. Tout ce qu'on leur donnait lui semblait meilleur que ce qui lui était destiné.

Ce mauvais penchant gâtait toutes ses joies. Sa maman, concierge dans la grande fabrique de tannerie de M. Bourg, rue Croullebarbe, au bord de la rivière de Bièvre, connaissait bien le vilain caractère de sa fille.

Quand elle servait à déjeuner à son mari et à ses six enfants, Angèle jetait sur les tasses de ses voisins des regards qui étaient particuliers, et qui voulaient dire :

Vos tasses sont plus pleines que la mienne, ou le lait en est mieux sucré.

Ce mauvais sentiment changeait l'air de sa figure; jamais elle ne regardait personne en face, ses yeux cherchaient toujours, et partout espérant découvrir quelque chose de caché.

Remarquez que ses frères et ses sœurs, qui connaissaient son humeur envieuse, avaient souvent, pour se moquer d'elle, l'air de la fuir ou de se cacher pour dire des secrets.

Sa maman, par sa tendresse et ses avis, faisait tout son possible pour la corriger.

Louise, la sœur aînée d'Angèle, reçut pour sa fête, de la part de son parrain, caissier de la fabrique, une belle poupée Hurel avec beaucoup de morceaux d'étoffes que sa femme, grande couturière, avait donnés pour lui faire des robes.

Marthe et Maria, les autres sœurs de Louise et d'Angèle, se proposaient de bien jouer avec cette belle poupée dont elles se dirent les tantes, Louise étant comme de juste la petite mère.

Aussi les après-midi du jeudi furent consacrées à confectionner le trousseau.

Louise tailla, coupa toutes les étoffes, et distribua la besogne à ses trois sœurs; mais

Angèle, avec son air maussade, refusa sa part de travail, en disant :

« Je ne suis pas si sotte de passer mon temps à coudre pour une poupée qui n'est pas à moi; j'aime mieux aller jouer au bord de la Bièvre.

— La poupée est à toi comme à nous, répondit Louise; on jouera en commun ainsi que le font les sœurs qui s'aiment bien, seulement, moi, j'en serai la mère; Marthe et Maria n'y trouvent rien à dire.

— Je ne veux pas travailler à son trousseau, dit l'envieuse, à moins que tu ne me donnes ta poupée pour moi toute seule. »

Les trois sœurs se récrièrent en disant qu'Angèle était trop exigeante de vouloir pour elle seule cette poupée qui avait été donnée à Louise.

« Gardez donc votre poupée, je ne veux ni jouer avec elle, ni travailler pour elle. »

La poupée complétement habillée, on devait lui donner un nom, et pour cette cérémonie plusieurs enfants des ouvriers de la fabrique devaient prendre part à une collation et à des jeux.

Tout en travaillant au trousseau, Louise, Maria, Marthe, même Jacques, le petit frère, organisaient la fête; et les langues allaient aussi vite que les doigts.

Vous détailler tout ce que la poupée eut de belles robes, de jupons garnis, de pasdessus, de chapeaux, serait trop long; je préfère vous dire pour abréger que rien ne manquait à sa toilette, pas même des bottines à talons rouges, qu'un cordonnier, ami du concierge, avait bien voulu lui faire.

Tous les habits furent serrés dans une armoire à l'usage des poupées, confectionnée par le fils du concierge, apprenti dans une fabrique de meubles.

Le jour du baptême de cette tant belle poupée, la maman organisa une collation, avec du lait chaud et sucré, des échaudés et une énorme galette; sans compter que monsieur Bourg devait envoyer des cerises, fruit rare dans cette saison.

Cinq petites filles et trois petits garçons arrivèrent pour la cérémonie, ornés de bouquets cueillis sur les fortifications.

La poupée avait pour marraine Marthe, et pour parrain un petit garçon du nom de Lin; et on devait l'appeler Rose. Il va sans dire qu'elle était revêtue de ses plus beaux atours, robe blanche, voile de tulle, couronne sur la tête. Ainsi parée, elle faisait l'admiration de tout le monde.

Pendant que les enfants s'extasiaient, poussaient des oh! des ah! ravis de tout ce qu'ils voyaient, Angèle allait de l'un à l'autre, faisant des réflexions peu aimables, essayant tous les moyens pour troubler la joie générale.

En attendant la collation, qui devait précéder le baptême, toute la bande, Louise en tête, portant fièrement dans ses bras la belle poupée, allèrent se promener au bord de la Bièvre.

« Allons donc sur le pont, dit Angèle; car il venait de lui pousser subitement une mauvaise pensée !

— Allons sur le pont! répétèrent les enfants. »

Et ils suivirent l'envieuse fille qui marchait la première. Elle se glissa à côté de Louise, qu'elle attira près du parapet du petit pont en s'écriant :

« Oh! quel gros poisson! vois donc là, près des herbes! ah! comme il est gros! »

Louise, sans défiance, pencha la tête. Angèle

profita de ce moment pour soulever la poupée par les pieds, et la poussa dans la rivière.

« Oh! méchante! s'écria la pauvre petite fille, ma poupée est perdue. »

Tous les enfants criaient dans une agitation extrême.

La poupée soutenue par l'eau, tournoya un moment, s'enfonça, reparut, montrant un de ses bras comme pour appeler au secours, s'enfonça de nouveau, reparut encore, puis s'abîma dans la rivière.

Et pendant que Louise pleurait, Angèle riait de son rire méchant.

« Beau malheur! disait-elle, ton parrain t'en achètera une autre.

— Oh! répondit Louise, mon parrain n'est pas assez riche pour me donner deux fois une poupée aussi chère, et il pourra croire que j'ai manqué de soin.

— Mais puisque la poupée est noyée, il n'y aura pas de baptême, dit un petit garçon tout contristé.

— Ni de collation, dit un autre. »

Tous les enfants allèrent conter la triste aventure à la maman de Louise, qui fut bien contrariée

de cette perte, à cause surtout de celui qui avait
donné la poupée à sa petite fille.

Elle gronda Louise bien fort, croyant qu'elle
l'avait laissée choir dans l'eau par étourderie.

Louise aurait pu se justifier en contant le
méchant tour d'Angèle; elle préféra ne rien
dire.

La maman voulut aller au bord de la Bièvre,
pour se rendre compte de la manière dont l'accident avait eu lieu.

Tous les enfants la suivirent, même Angèle.

Pendant que madame Florent examinait sur ce
pont, questionnait l'un, questionnait l'autre, le
jardinier de la maison, qui pêchait à la ligne,
s'approcha de la concierge et lui dit :

« Ne grondez pas Louise, ce n'est pas sa faute;
allez, si la belle poupée est tombée dans la
rivière, c'est qu'Angèle, en voulant jouer sans
doute, a poussé la poupée par les pieds : j'ai
vu ça, moi; mais je n'ai pu repêcher ce pauvre
joujou. »

La maman regarda Angèle qui rougissait, qui
pâlissait; elle devina à son trouble que ce n'était
pas en jouant que l'accident avait pu arriver, mais
par ce vilain sentiment qui lui faisait commettre

taut de méchantes actions. Madame Florent ne la gronda pas comme elle le méritait, mais son air sévère inquiétait cette vilaine petite fille bien plus qu'une réprimande.

Les autres enfants voyant Louise en pleurs, parlaient très-bas de ce triste accident, et n'osaient plus jouer; chacun cherchait à consoler cette pauvre petite Louise.

Cependant la journée ne se termina pas tout à fait dans les larmes; la collation eut lieu. Mais ce petit festin ne fut pas ce qu'on avait rêvé.

Le soir, le concierge et ses enfants se couchèrent, madame Florent garda la loge.

Madame Bourg entra, et vint s'asseoir un moment dans sa loge pour demander des détails du baptême de la poupée, car toute la maison s'était intéressée à ces jeux d'enfants.

Madame Florent, bien affligée, raconta ce qui l'avait attristée; elle ne put s'empêcher de pleurer de cette mauvaise action d'Angèle, ne sachant que faire pour la punir.

« Je crois, dit Madame Bourg, que pour la corriger, il faut l'éloigner de ses frères et de ses sœurs.

— Mais où la mettre? dit la pauvre mère.

— Tenez, mère Florent, confiez-la-moi, je la mettrai chez les dames de la Providence à Ivry; quand elle sera isolée elle réfléchira et se corrigera; mais il faut la punir sévèrement. »

Les deux femmes convinrent qu'on en parlerait le matin à monsieur Florent, et que dans l'après-midi Angèle partirait pour Ivry avec sa mère, si le père y consentait.

Le lendemain, quand le père et la mère se réunirent pour le déjeuner du matin, Angèle ainsi que les autres enfants allèrent dire bonjour. Mais la petite envieuse s'aperçut que ses parents avaient l'air fort triste.

On déjeuna silencieusement; le repas terminé, la mère dit à Angèle d'aller mettre son bonnet et sa pèlerine pour sortir.

Angèle devina que les explications allaient venir.

Bientôt elle redescendit vêtue comme pour se rendre à l'école.

« Embrassez votre père et vos sœurs, et demandez pardon à Louise du mal que vous lui avez fait en jetant à l'eau si méchamment sa poupée.

— Où m'emmenez-vous donc, maman? demanda timidement la petite fille.

— En pension à Ivry chez les dames de la Providence; vous y resterez jusqu'au moment où votre cœur aura changé, et où vous aurez appris que l'envie pousse à des actions affreuses. »

Angèle ne pleura pas, elle comprit que ce serait inutile et qu'elle avait bien mérité cette punition.

Louise essaya de demander sa grâce; mais elle vit bien, à l'air sévère de ses parents, qu'elle ne l'obtiendrait pas.

Une heure plus tard, madame Florent remettait Angèle à une sœur qui la mena dans le couvent.

Lorsque sa mère fut partie, le pauvre cœur d'Angèle se détendit, elle pleura et demanda à la bonne sœur qui cherchait à la consoler de la conduire à la chapelle. Là elle pria pour son père, pour sa mère, pour ses frères et sœurs, et plus particulièrement pour cette pauvre Louise. Enfin, elle pria pour elle-même, et demanda à Dieu la force de se corriger.

Ah! combien Angèle trouva de différence entre la vie du couvent et la maison de son père! Elle n'avait pas de compagne, son caractère peu aimable éloignait d'elle.

Elle était toujours seule pendant les récréations, assise dans un coin, tenant dans ses mains un livre qui lui servait de contenance, mais qu'elle ne lisait pas.

Elle pensait à ses parents, à ses sœurs, et le regret amer qu'elle ressentait de n'être point avec eux lui fit prendre de bonnes résolutions et redoubler d'efforts pour devenir meilleure.

J'ai le plaisir de vous annoncer qu'Angèle est revenue chez ses parents après un séjour de six mois au couvent.

Elle n'est plus envieuse des joies des autres ni affligée de leur bonheur ; de bonnes prières et le désir de rentrer dans sa famille ont changé ce mauvais petit cœur en une bonne et tendre nature.

Que fais-tu là, Claire? demanda-t-elle à sa petite
camarade. (P. 108.)

LA GÉNÉROSITÉ

La générosité est une vertu aussi belle, que l'envie est un défaut affreux.

Un enfant généreux est heureux du bonheur des autres; il oublie le mal qu'on lui fait; au lieu de le rendre ou de chercher à s'en venger, il le pardonne et le cache, excusant toujours ceux qui lui font de la peine, et trouvant toujours une bonne raison pour faire du bien à ses ennemis.

La Pièce de dix sous, ou l'aumône du pauvre.

Julie Bastien allait, depuis trois mois à peine, à l'asile du quai d'Anjou. Attentive et appliquée, elle écoutait si bien les leçons de ses maîtresses qu'elle savait beaucoup de choses, entre autres qu'on doit aimer son prochain comme soi-même, lui faire tout le bien possible, l'aider de tous ses moyens, et ne jamais rendre le mal pour le mal.

Aussi voyait-on toujours la petite Julie demander grâce pour ses camarades punies ou partager avec elles les friandises qu'on lui donnait, leur prêter ses joujoux et protéger les tout petits contre la turbulence ou la malice des plus grands.

Julie était obéissante; elle avait appris que c'est le premier devoir de l'enfance.

Sa bonne conduite, son excellente tenue lui valaient, chaque samedi, une belle image qu'elle portait toute fière à ses parents.

Son père, lorsqu'elle porta sa première récompense, lui donna un sou.

Julie, qui comprenait bien que ses parents travaillaient péniblement pour gagner de l'argent, était fort économe; aussi la bonne petite fille n'alla pas porter son sou en échange de quelques sucreries, comme le font beaucoup de petites prodigues de ma connaissance. Elle le conserva, espérant par sa sagesse en avoir encore d'autres.

Le second samedi, Julie eut une nouvelle image et un autre sou, puis un troisième, puis un quatrième, enfin elle en rassembla dix.

Un jour qu'elle comptait son petit trésor devant son père, celui-ci proposa à la chère petite fille d'échanger ses dix sous en cuivre contre une belle pièce en argent toute neuve.

Julie accepta bien vite, embrassa son père pour le remercier, puis, je vous l'assure, toute joyeuse, elle serra sa belle pièce dans le coin de son mouchoir de poche, bien fière, cette chère petite, de posséder de l'argent gagné par son travail.

La joie ne lui fit point cependant oublier l'heure de la classe. Elle n'était pas de ces enfants joueurs qu'une mouche attire, qu'un brin de paille amuse. Les leçons de la maîtresse l'intéressaient et elle avait hâte de les entendre.

Dans le trajet de sa maison à son école, elle rencontra auprès d'un de ces larges égouts dans lesquels se jettent les eaux des rues une petite fille de son asile nommée Claire, qui pleurait en cherchant avec inquiétude dans l'eau du ruisseau.

« Que fais-tu là, Claire? demanda-t-elle à sa petite camarade.

— Je cherche une pièce de dix sous que je viens de perdre dans le ruisseau, répondit-elle toujours en pleurant.

— Eh! comment as-tu fait, ajouta Julie, qui s'était mise à chercher aussi.

— Je passais près de l'égout, mon pied a heurté contre une pierre, je suis tombée, ma main s'est ouverte, et ma pièce a roulé dans l'eau. Que vais-je faire, si je ne puis la trouver?

— Il faut aller l'avouer à ta mère; tu sais

bien que la maîtresse dit que les papas et les mamans pardonnent toujours quand les enfants disent avec franchise ce qu'ils ont fait de mal.

— Ah! répondit Claire, tu ne sais pas, toi, que maman est bien malade dans son lit et qu'elle ne travaille pas. Nous n'avions plus que cette pièce de dix sous! Ce matin, elle me l'avait donnée pour aller acheter un pain de trois sous et deux sous de beurre pour notre déjeuner. Il devait rester cinq sous, le soir, pour dîner. Mon Dieu, mon Dieu, ma pièce! »

La douleur de Claire toucha le bon petit cœur de Julie. Sa main fouilla dans sa poche, et dénoua le coin du mouchoir qui contenait sa belle petite pièce, la posa à terre dans le ruisseau, et se baissant elle s'écria :

« Tiens, Claire, la voilà ta pièce.

— Ah! quel bonheur, dit Claire, en la prenant, avec joie, merci, Julie, laisse-moi t'embrasser, sans toi je n'aurais pu retrouver ma pauvre pièce; tu es bien gentille de m'avoir aidée. Comme l'eau du ruisseau l'a rendue belle et brillante! Je cours faire ma commission et après j'irai à l'asile; garde-moi une place près de toi. ».

Julie continua sa route, le sourire des anges sur les lèvres, la joie dans le cœur.

« Quel bonheur, se disait cette bonne petite fille, tout en marchant, d'avoir eu une pièce de dix sous ! Comme Claire était contente croyant avoir retrouvé la sienne ! « Je veux toujours être sage, j'aurai des sous et je les donnerai à ceux qui en auront besoin. »

Julie entra dans son école où elle attendit Claire qui ne tarda pas à venir, et qui s'assit près d'elle après l'avoir embrassée.

· Le service rendu, le service reçu, fit des petites filles deux amies intimes.

A l'heure du repas, Julie, qui savait que sa camarade était bien pauvre, voulut partager sa belle poire avec elle ; mais Claire qui était aussi une bonne petite fille, ne voulut pas accepter. Elle pensa que sa mère n'avait que du pain et du beurre pour son dîner.

A quelques jours de là, Julie alla avec sa mère voir sa marraine, qui était une dame très-riche.

La marraine demanda, vous n'en doutez point, si sa petite filleule était sage.

« Oh ! oui, elle est bien sage, dit sa maman, et

la preuve c'est qu'elle apporte de l'école tous les samedis une belle image, et que son papa lui donne un sou chaque fois. Elle en a déjà rassemblé dix que mon mari lui a changés, ces jours derniers, contre une belle petite pièce de dix sous toute neuve. — Montre-la à ta marraine, ma fille. »

Julie baissa la tête en rougissant, et ne montra pas la pièce. Vous savez pourquoi?

La maman voyant l'embarras de sa fille, crut que sa chère Julie s'était laissé tenter par quelques friandises. Elle lui demanda donc ce qu'elle avait fait de ses dix sous.

Julie raconta alors comment elle avait employé sa pièce.

La mère heureuse et rassurée prit sa petite fille sur ses genoux et l'embrassa de tout son cœur.

La marraine aussi la caressa fort tendrement.

Et voyez comme le bien entraîne.

Cette dame riche et bonne prit des informations sur la maman de la petite Claire. Elle alla chez elle et trouva une grande misère à soulager. On lui apprit que cette pauvre femme, veuve et malade, s'épuisait à un travail peu payé.

La marraine de Julie lui procura une profession facile et lucrative.

La bonne action de Julie a porté ses fruits; l'aisance avec le travail sont venus dans ce petit ménage de la pauvre veuve, grâce à la générosité de la bonne petite Julie.

L'ORGUEIL.

Un mal qui... un mal que... (P. 118.)

L'ORGUEIL

L'orgueil est un défaut qui fait croire à un enfant qu'il vaut mieux que les autres enfants; que ce qu'il fait est mieux fait que tout ce qu'on peut faire.

L'orgueilleux, s'il est savant, croira que sa science vient de lui. S'il est beau, il oubliera que sa beauté est l'ouvrage de Dieu.

Son air, ses gestes, ses paroles, montrent combien il est content de sa personne.

Il se croit tout seul de son espèce. et au-dessus de tous.

L'orgueil rend le cœur dur. Pour paraître, pour dominer, l'orgueilleux froisse, humilie tous ceux qui l'entourent.

Les Leçons oubliées.

Philippe Ardouin, jeune garçon de sept ans, de tous les enfants de son âge, était celui qui avait le plus de mémoire et de facilité pour apprendre toutes choses.

Une leçon faite une fois devant lui, il la retenait; une chanson chantée en sa présence, il la savait.

Toujours le premier de sa classe, il annonçait vraiment un enfant extraordinaire.

Mais un grand défaut gâtait toutes ses heureuses dispositions. Philippe avait un orgueil insupportable. Accoutumé à entendre des compliments sur sa facilité à apprendre, il prenait avec ses camarades et ses frères des façons dédaigneuses, des mouvements d'épaules ou des airs de tête qui voulaient dire :

Vous êtes tous des sots, et moi j'ai beaucoup d'esprit.

Plusieurs fois son orgueil s'était dénoncé par des paroles peu aimables; aussi ses frères et sœurs ne lui témoignaient pas une bien vive tendresse.

Cela même aurait pu devenir de l'inimitié.

Philippe fit une grave maladie, et tous ces petits cœurs de frères et de sœurs, un peu froids quand il les humiliait par ses grands airs et sa science, devinrent pleins de pitié pour ses souffrances.

De bonnes prières allèrent jusqu'au bon Dieu pour obtenir sa guérison, et bientôt après le malade guérit et entra en convalescence.

Le grand-papa, pour témoigner sa joie de la guérison de son petit-fils, donna une fête à sa famille dans une petite maison qu'il avait à la campagne.

Après un bon déjeuner, plus copieux que délicat, la chaleur étant trop forte pour que la compagnie s'éparpillât dans le jardin, on se réunit dans une grande pièce où l'on se mit à chercher des jeux.

Les jeux ne faisaient pas l'affaire de Philippe, qui aurait préféré faire briller son savoir ; il s'appliquait donc à tout déranger, et il finit par dire :

« Récitons des fables ! Moi je vais vous en dire une que je n'ai entendu qu'une fois et que je sais très-bien ; mieux que mon frère à qui on l'a serinée au moins dix fois. »

Le frère de Philippe, mécontent de ces paroles peu aimables, fit une petite moue, et il voulait s'en aller, quand un petit enfant simple et naïf dit :

« Eh bien ! Philippe récite-nous ta fable. »

Philippe releva la tête de cet air qui voulait dire :

Écoutez et admirez.

Le savant tout souriant commença ainsi :

« Un mal qui..... un mal que..... ou le..... hum..... hum..... Eh bien, je ne sais plus ma fable, c'est très-drôle.

Au fait, cela n'a rien d'étonnant, je n'avais entendu cette fable qu'une fois.

Alors je vais vous raconter l'histoire de cet

homme que Dieu choisit pour être le chef de son peuple.

Oh ! cela je le sais très-bien, j'ai eu un prix pour l'avoir dit devant un inspecteur. C'est... c'est... comment... c'est...

Je ne peux pas trouver son nom, » disait notre petit prodige en tapant du pied d'impatience.

Le cercle commençait à rire de l'embarras du savant Philippe.

« Alors, puisque j'ai oublié encore ce nom, vous allez voir, je vais vous chanter le petit grenadier, le maître a dit que je le chantais mieux qu'aucun de vous. »

Philippe se campa fièrement sur une jambe et cria :

« Il est... il y a... tra la tra la...

Tiens, mais que c'est donc drôle, je ne puis ni chanter ni réciter.

— Et bien, dit le petit garçon, naïf, dis-nous ce que devint la femme de Loth. »

Le petit orgueilleux ouvrit une bouche très-grande, regarda le plafond, puis le plancher, pour y chercher sa réponse; il n'y trouva rien, car il ne dit mot.

Une petite voix reprit :

— On mit la femme de Loth dans le pot-au-feu lorsqu'elle fut changée en statue de sel. »

Tout le monde éclata de rire. Philippe, vexé de ces moqueries qu'on lui lançait sans se gêner, s'en alla dans un coin pour pleurer sur son humiliation.

Sa mère s'approcha du pauvre affligé, le serra dans ses bras en l'embrassant, et lui dit :

« Mon enfant, le bon Dieu t'avait donné beaucoup de mémoire, et une grande facilité pour apprendre toute chose. Il t'a ôté dans la maladie ce qu'il t'avait donné; soumets-toi, tu seras à l'avenir obligé de faire comme les autres enfants, et de travailler beaucoup pour savoir peu.

Quand tu sauras, sois modeste, afin de te faire pardonner tes succès, si tu en as, et aussi pour qu'on te plaigne si tu ne réussis pas. »

Philippe n'est plus aussi prodige, il est modeste; et comme il a peur d'oublier ce qu'il a de la peine à apprendre, il ne fait plus parade de son savoir.

Ses frères et ses sœurs l'aiment davantage ainsi. Il vaut mieux inspirer la tendresse que l'admiration.

Le petit prince but bravement, et sans faire de grimaces,
une gorgée de vin.   (P. 134.)

L'HUMILITÉ

L'humilité est une vertu difficile à expliquer à
n enfant.

Cependant il y a des enfants humbles qui,
loin de s'enorgueillir de leurs bonnes qualités,
comprennent que tous les avantages, soit du
corps, soit de l'esprit, ne leur viennent pas
d'eux-mêmes, mais qu'ils les tiennent de Dieu
qui seul peut donner ce qui les fait heureux ou
aimables.

L'humilité met dans le cœur d'un enfant
l'assurance que ses maîtres en savent plus que
lui, qu'il doit leur obéir, que ses camarades aussi
ont droit à ses égards, et qu'il doit avec eux être
doux et indulgent.

L'enfant humble ne s'occupe ni de ses talents,

ni de sa position de fortune, pas plus que de sa beauté. Il est bien persuadé que tous ces avantages lui viennent de Dieu, peuvent être repris par Dieu, et qu'ils lui ont été donnés non pour lui, mais pour mieux servir Dieu et son prochain. Il ne doit point s'abuser sur ses défauts, mais plutôt travailler à s'en corriger.

Le petit Prince et les Jardiniers.

Entrant en convalescence après une grave maladie, un petit prince nommé Louis, fut amené par sa mère dans un beau château situé sur la lisière d'une grande forêt.

Les médecins avaient ordonné que le petit prince passât le plus de temps possible dans le parc, au soleil, au vent, à la pluie, au froid, par n'importe quelle température, pourvu qu'il respirât l'air du jardin.

On laissait donc Sa petite Altesse, surveillée par sa nourrice, dame Brigitte, courir, sauter, se rouler sur l'herbe verte, comme les jolis petits chevreuils en liberté dans les bois.

Le petit prince jouait très-bien tout seul : cependant, quand on invitait d'autres enfants à venir jouer avec lui, il leur faisait bon visage, et se montrait bon camarade, prêtant ses joujoux de bonne grâce sans se soucier d'aucune marque de respect de leur part; et quand la bonne Brigitte rappelait les garçons au respect qu'elle croyait dû à son nourrisson, il levait ses petites épaules en disant :

« C'est bien la peine de les taquiner pour si peu : au jeu il n'y a point de prince. »

Et le petit Louis, qui aimait à rire et à s'amuser, était bien content d'être un moment un petit garçon comme tous les autres.

Lorsqu'on refusait de faire ce qu'il désirait, il demandait tout de suite :

« Si j'étais un petit paysan, me l'accorde-rait-on ? »

On lui répondait qu'on ne traitait point un petit paysan comme le fils d'une reine et le neveu d'un empereur.

« Alors je regrette que mon père soit roi et ma chère maman une reine. »

Il aimait beaucoup les fraises, mais elles lui faisaient mal : il les vomissait une heure après les avoir mangées. La reine, sa mère, avait expressément défendu qu'on lui en laissât manger, et ce bon fruit était interdit dans tout le château.

Un jour, le petit prince et sa nourrice se promenaient dans le parc, près d'une grande route. Un jardinier vint à passer portant un panier de belles fraises qu'il venait de cueillir, rouges, mûres, embaumées.

« Oh ! les belles fraises ! s'écria le petit prince, » et, à travers les grilles d'un portail, il tendit sa main vers cet homme qui, ne. connaissant pas Son Altesse, ni la défense faite au château, mit une douzaine des plus .belles fraises sur une feuille, les passa au petit prince et s'éloigna.

Brigitte accourut pour saisir le fruit défendu ; mais le petit prince, avec des larmes dans la voix, la supplia de les lui laisser manger.

« Votre maman sera bien mécontente ! Elle me grondera d'avoir cédé ; vous savez qu'elle m'a défendu de vous en donner.

— Si maman l'apprend, répondit l'enfant, je lui jurerai que ce n'est pas toi qui me les as données ; je me laisserai plutôt écorcher que de dire comment j'ai pu en avoir. »

9

Tout en discutant, une à une, les fraises furent mangées, mais elles produisirent leur effet accoutumé; le petit prince les vomit une heure après, et on le vit, quoi qu'il pût faire pour le cacher.

Sa maman, irritée, voulut savoir qui avait désobéi à ses ordres; elle interrogea son fils.

La petite Altesse répondit à sa mère, d'un ton très-résolu, qu'on le tuerait plutôt que de lui faire avouer où il les avait prises.

Sa gouvernante, pour le punir d'avoir désobéi à sa mère, le mit en pénitence dans son apparte-ment pendant une heure.

Il alla faire sa pénitence, comprenant bien qu'elle était méritée.

Quelques jours apres ce petit incident, le prince et Brigitte, assis sur un banc dans le fond du parc, se reposaient d'une longue course qu'ils venaient de faire dans la partie réservée du parc, pour donner à manger du pain à un cerf, à une biche et à un faon très-bien appri-voisés.

Le petit prince, installé sur le banc, racontait à sa nourrice combien il avait été heureux de

voir cette jolie petite famille si familière.
Cependant, plusieurs jardiniers vinrent à passer
portant des corbeilles pleines des plus belles
fleurs, et se dirigeant vers une petite serre où
ils entrèrent.

Le petit prince désirait vivement savoir ce que
ces jardiniers allaient faire là; il les suivit donc,
et se faufila parmi eux.

Il vit au milieu de la serre, sur une table, une
espèce de dais en bois que les jardiniers recou-
vraient de fleurs.

Le petit prince n'était qu'à demi satisfait, il
désirait savoir ce qu'on voulait faire de ce dôme
fleuri, et il le demanda.

« Eh! mon petit, répondit l'un des jardiniers,
qui n'avait jamais vu le prince d'assez près pour
le reconnaître, c'est demain la Saint-Fiacre, la
fête des jardiniers; nous devons faire célébrer
une messe à l'église Saint-Christophe, et ce joli
dais que voilà est pour y mettre la statue de
notre patron.

— Qui es-tu? petit, ajoute-t-il, comment t'ap-
pelles-tu?

— Louis, dit l'enfant étonné de cette question.

— Louis qui ?

— Louis.....

— Que fait ton père ?

— Mon père est chef, dit l'enfant en rougissant et hésitant...

— Chef de quoi ? de cuisine ?

— Je ne sais pas.

—Ça doit être ça! Puisque ton père est employé aux cuisines du château, va nous chercher deux bouteilles de vin; tu diras que c'est pour rafraîchir les jardiniers; nous mourons de soif, va et reviens vite. »

Et, le poussant par les épaules, il le mit dehors.

Voilà le pauvre petit prince bien embarrassé. Il alla retrouver Brigitte toujours assise sur son banc, pour lui raconter que des jardiniers l'ayant pris pour le fils du cuisinier, l'avaient chargé d'aller au château chercher du vin et un verre.

La nourrice voulait avertir ces hommes de leur méprise, et leur apprendre que celui qu'ils avaient pris pour un petit domestique était le fils de la reine.

« Il ne faut pas aller leur dire qui je suis, ces pauvres gens seraient désolés de m'avoir tutoyé et de ne m'avoir pas reconnu, dit le prince. Est-ce leur faute à eux? Tu vois bien que ce n'est pas écrit sur ma figure, mon titre de prince. Hors du château, je ne suis qu'un petit garçon comme tous les autres petits garçons.

Ensuite, si tu découvrais leur méprise, mon gouverneur et ma gouvernante les feraient peut-être chasser, ainsi qu'ils le firent pour ce pauvre frotteur, qui ne m'ayant pas reconnu, me mit un jour à cheval sur ses épaules.

Il ne faut rien dire, et jamais ils ne sauront à qui ils ont parlé si lestement.

— Va chercher deux bouteilles à la cuisine, et un verre, puis tu reviendras me trouver ici. »

La nourrice, vous l'avez déjà deviné, ne savait rien refuser à son cher enfant; elle alla donc à l'office chercher les deux bouteilles demandées, et revint peu après rejoindre le petit prince, qui l'attendait avec impatience.

Autres débats. Brigitte voulait aller elle-même

porter le vin aux jardiniers; elle ne consentait
pas à le laisser porter par Son Altesse, comme
s'il eût été vraiment un petit marmiton.

« Mais laisse-moi donc leur remettre moi-
même leur vin et le verre; si tu y allais à ma
place, c'est pour le coup qu'ils devineraient leur
bévue.

Crois-tu que ce soit un grand malheur qu'ils
m'aient pris pour un pauvre petit garçon?

Tu sais bien que devant Dieu les petits princes
et les petits cuisiniers sont tous égaux, et tous
ses enfants. »

La nourrice se résigna à laisser le petit
prince faire sa volonté, et il entra dans la
serre une bouteille sous chaque bras et le verre
à la main.

« Eh! le bon petit diable! qu'il est com-
plaisant, dit le jardinier, voilà du vin; nous
allons nous rafraîchir : tu boiras avec nous,
petit. »

On déboucha la bouteille, le verre passa à la
ronde ; quand vint le tour du petit prince, il but
bravement, et sans faire de grimaces, une gorgée
de vin.

Oh! si Brigittè avait vu ça, elle en serait
!tombée à la renverse.

Le vin bu, les jardiniers achevèrent leur dais.
Le petit prince aurait bien voulu s'en aller; il
craignait la venue de Brigitte, ou de quelqu'un
du château. Mais les jardiniers ne le laissaient
pas sans travail.

« Tiens-moi cette fleur, petit, disait l'un.

— Donne-moi ce bout de ficelle, disait l'autre;
allons, moutard, plus vite que ça. »

Lorsque le dais fut achevé, ils firent un gros
bouquet avec de belles roses, et un autre plus
petit avec des œillets.

« Ça, vois-tu, dit un des jardiniers au petit
prince, c'est un bouquet que nous voulons offrir
à notre belle reine; celui-ci c'est pour notre cher
petit prince Louis, son fils. »

Ah! pensa Louis, que vais-je devenir? tout va
se découvrir, et les pauvres gens auront leur joie
de demain toute gâtée!

Alors, profitant d'un moment où on ne faisait
aucune attention à lui, il alla rejoindre Brigitte,
qui séchait d'impatience.

« Eh! ma nourrice, comment faire? Les

jardiniers vont aller offrir un beau bouquet à ma mère, un autre à moi; ils apprendront qui je suis et ces pauvres gens se croiront perdus.

Si tu voulais venir au château me changer de vêtements, je mettrais aussi un chapeau, et les jardiniers ne me reconnaîtraient peut-être pas.

— Mais quel prétexte donner pour vous mettre d'autres habits au milieu du jour? répliqua Brigitte. Mon Dieu, mon Dieu, comment faire! et comme Sa Majesté me grondera quand elle saura tout ça!

— Attends, dit le petit prince en se jetant à plat ventre dans un petit tas de boue qu'il vit au milieu d'une allée, voilà le prétexte pour me changer d'habits : on croira que je suis tombé.

Tu me mettras un costume couleur claire, une toque à plume, et les pauvres gens ne me reconnaîtront pas. Tu me garderas le secret, n'est-ce pas; comme je t'ai gardé le secret des fraises. »

Brigitte habilla le petit prince d'un joli

petit costume gris-perle, avec des ornements bleus, une toque de velours avec une plume blanche.

Ce n'était plus le même enfant en vérité, on aurait pu s'y tromper.

A peine cette transformation fut-elle opérée, que la députation des jardiniers se présenta à la reine, pour lui offrir le beau bouquet de roses.

Cette princesse aussi bonne que belle, prit son fils par la main suivie de ses dames, elle s'avança toute souriante sur la terrasse du château.

Le petit prince, pour mieux jouer son rôle et afin de n'être pas reconnu, gonflait ses joues, faisait des grimaces, ôtait et mettait sa toque, s'essuyant la figure pour la cacher.

Ce fut le jardinier qui le premier lui avait parlé qui s'avança son bouquet à la main, pour prononcer un petit discours.

« Madame, dit-il, bien ému de se trouver en présence de sa souveraine, vous êtes la reine des femmes, permettez-nous de vous offrir ce bouquet formé des reines des fleurs. »

En cet endroit de sa harangue, le jardinier tourna les yeux du côté du petit prince, qu'il reconnut, malgré la peine qu'il prenait pour se défigurer; le pauvre homme ouvrit largement sa bouche, mais aucun son n'en sortit; il mit son bouquet dans les mains de son plus proche camarade, et se sauva.

Celui-ci, étonné, regarda à son tour, vit le petit prince, le reconnut, et plus troublé encore que l'autre il devint tout pâle, et l'envie lui vint de se sauver aussi.

« Mais qu'avez-vous, braves gens, dit la reine de sa voix la plus douce, quel trouble vous saisit ? »

Sa Majesté regarda le petit prince, aussi rouge, aussi interdit, et ne sachant plus quelle contenance tenir.

« Qu'avez-vous, Louis, à votre tour? Pourquoi votre embarras, mon fils?

— Je vais tout vous dire, moi, s'écria Brigitte en s'approchant de la reine.

Tout à l'heure, Son Altesse en jouant est entrée dans la serre où les jardiniers faisaient les bouquets qu'ils viennent de vous offrir;

ils n'ont point reconnu Son Altesse, qu'ils ont prise pour un petit ouvrier, ils l'ont tutoyée, manquant ainsi et sans le savoir au respect qui lui est dû.

— Le prince n'a pas voulu se faire connaître, dans la crainte de les affliger; mais ils viennent de s'apercevoir de leur bévue, de là leur trouble et celui du bon petit prince.

« Tu as fait cela, mon petit Louis, dit la reine en soulevant son fils dans ses bras, pour l'embrasser; c'est bien, et le bon Dieu t'en tiendra compte.

Offrez votre bouquet au prince, braves gens, ne soyez plus troublés; l'enfant d'un roi n'est ni plus précieux, ni plus grand aux yeux de Dieu que vos chers petits enfants, et votre méprise n'a rien de grave. »

Les jardiniers revinrent et baisèrent la jolie petite main, que l'aimable prince leur tendait en souriant.

La reine donna à ces braves gens de l'argent pour faire leur fête, et ils se retirèrent bien heureux et bien touchés de l'humilité du cher petit Louis.

Ce charmant enfant, qui annonçait tant d'humilité, mourut quelques années après d'une cruelle maladie qui l'enleva en quelques heures à l'amour de sa mère.

Il fallut la naissance d'un autre fils, pour adoucir la grande douleur que la mort du prince Louis avait causée.

LA COLÈRE.

Je veux mon filet rouge et ma robe rouge! criait-elle
en trépignant.   (P. 150.)

LA COLÈRE

La colère est un défaut qui conduit l'enfant à ne pouvoir supporter ni contrariétés ni réprimandes, ni aucune des choses qui peuvent le gêner, sans crier, se fâcher, faire du bruit et du désordre.

La colère est une espèce de folie : c'est-à-dire qu'on arrive à ne plus savoir ni ce qu'on dit, ni ce qu'on fait, quand on est en colère.

On peut, dans cet état violent, causer de grands malheurs, à soi ou aux autres, et le plus souvent, aux autres et à soi.

Le Carreau cassé.

En moins de deux mois, madame Bruyère, veuve jeune et riche, avait perdu trois enfants morts de la rougeole. Il ne lui restait qu'une fille qu'elle craignait de voir mourir comme les autres ; aussi gâtait-elle beaucoup sa petite Rosalie. Ses domestiques avaient reçu l'ordre de ne point la contrarier, de faire toutes ses volontés, enfin de ne jamais provoquer ses larmes. Cet ordre ridicule, et que les domestiques n'osaient pas enfreindre, fit de Rosalie une petite fille colère, qui trépignait, et jetait avec violence ce qu'elle tenait à sa main, quand on était dans l'impossibilité de la satisfaire, ce qui arrivait souvent.

Sa mère reconnut alors combien était détestable ce système d'éducation ; elle aurait voulu

corriger sa fille par des moyens de douceur et
des paroles amicales, mais elle vit bientôt que la
chose serait difficile.

Rosalie, jolie de figure, vive, intelligente,
plaisait au premier abord; mais il ne fallait la
voir ni souvent, ni longtemps, pour la prendre
en aversion. On était bientôt témoin de ses empor-
tements et de ses colères; aussi madame Bruyère
vivait-elle très-retirée, ne voyant et ne recevant
personne.

Son médecin lui ordonna d'aller prendre des
bains de mer. Elle hésitait à cause de sa fille.
Dans tous ces petits ports de mer, on vit presque
en commun; bientôt tout le monde se connaît, et
madame Bruyère redoutait l'intimité. Le plus
grand chagrin de cette pauvre mère, c'était que
des étrangers pussent être témoins des colères de
Rosalie.

Celle-ci avait la plus grande envie d'aller faire
ce voyage; elle fit beaucoup de belles promesses,
et parvint à se contenir pendant plus d'une
semaine.

Madame Bruyère, trompée par ce calme feint,
loua une maison dans un petit port de Normandie,

où elle alla s'installer au mois de juin, avec sa
fille et ses domestiques.

Rosalie trouva le pays charmant, la mer bien
belle, la plage très-amusante; on se réunissait
presque toute la journée sur le sable, on courait,
on jouait, et comme la petite fille ne prenait pas
de bains, à cause de son caractère violent, tout
était pour elle joie et bonheur.

Sa maman lui avait donné une jolie petite
voiture en osier traînée par une belle chèvre
grise. Cette voiture faisait les délices de tous les
enfants.

Pendant plusieurs semaines Rosalie veilla sur
elle-même; on la trouva charmante.

L'on admirait surtout son talent très-précoce
pour la musique : elle touchait du piano avec
beaucoup de goût, charmait tout le monde en
faisant danser, chaque soir, les petites filles et
les petits garçons. Les personnes qui l'admiraient
ne se doutaient guère du vilain défaut qui gâtait
toutes ses qualités.

Sa maman, peu accoutumée à ce calme,
croyait sa chère Rosalie corrigée. Hélas! un défaut
vient vite et s'en va lentement, quand il s'en va.

Un jour Rosalie installa dans sa voiture un gros bébé, que cette promenade amusait beaucoup. La petite fille le soutenait, ne permettant à personne d'approcher de l'attelage, qu'elle seule conduisait le fouet en main.

Un garçon de la bande voulut donner un fruit au bébé ; cela déplut à Rosalie, qui, furieuse, allongea un coup de fouet à l'imprudent, en pleine figure, ce qui traça sur ce joli petit visage un sillon tout rouge.

L'enfant en pleurs alla se plaindre à sa mère, qui parut bien contrariée de cet acte de violence brutale. Elle entraîna son fils loin de la plage, et pendant plusieurs jours elle évita de s'approcher du groupe où se trouvaient Rosalie et madame Bruyère.

Cette action de la petite Rosalie mit de la froideur parmi les baigneurs. Les uns la blâmaient d'avoir frappé ce jeune garçon ; d'autres, et c'était le plus petit nombre, ne voyaient là qu'une impatience d'enfant.

Cependant tout le monde désapprouvait madame Bruyère de n'avoir pas exigé que sa fille fît des excuses au petit cravaché. Hélas ! elle craignait en demandant cette juste réparation à sa fille de provoquer un autre accès de colère.

A quelques jours de là, Rosalie qui était allée au Havre avec sa mère, en rapporta une jolie perruche qui se tenait constamment sur son doigt.

Le petit garçon dont nous avons parlé ne chercha pas à cacher son admiration et l'envie qu'il avait de posséder cet oiseau.

Rosalie s'en aperçut et demanda à sa mère la permission de le lui offrir. On regarda ce cadeau comme une réparation, et le bon accord se rétablit parmi le grand et le petit monde de la plage.

Un jour, on organisa une partie de campagne à ânes, pour aller boire du lait et manger des fraises dans un joli village des environs.

Les mamans, les enfants et les ânes devaient se réunir chez madame Bruyère, dont la maison se trouvait sur le chemin de ce charmant endroit.

Dès le matin de ce jour, bien désiré par Rosalie, la femme de chambre de sa mère l'habilla d'une robe grise bordée de bleu. Ensuite la petite fille passa chez sa maman, pour se faire coiffer, car c'était madame Bruyère qui, tous les jours, peignait ses cheveux, les plus beaux, les plus épais, les plus blonds qu'on pût voir; elle les mettait en nattes, et, le croiriez-vous? cette petite fille si impatiente, si difficile à gouverner, tant que durait l'opération, ne bougeait pas plus qu'une borne.

Vous voyez que le plaisir d'être bien coiffée savait la rendre patiente.

La coiffure terminée, la maman posa sur les belles nattes un joli filet noir, orné de bouts flottants, qu'elle assujettit avec des épingles, pour que tout ce joli édifice ne se dérangeât pas en sautant.

Rosalie alla jeter un petit coup d'œil a la glace, et s'écria en tapant du pied :

« Pourquoi m'avez-vous mis mon filet noir? Je voulais le rouge, qui vient d'arriver de Paris.

— Non, ma petite fille, répondit sa maman, ton filet rouge n'irait pas avec ta robe garnie de bleu.

— Alors, qu'on m'ôte ma robe bleue et qu'on me mette la rouge.

— Mais, mon enfant, il serait dommage de
mettre cette robe, qui est très-belle, et de
t'exposer à la tacher en te roulant sur l'herbe.

— Je veux mon filet rouge et ma robe rouge,
criait-elle en trépignant.

— On n'aura pas le temps de te déshabiller et
de te rhabiller, je vois là-bas sur la route les
enfants qui viennent. »

Rosalie, prenant à deux mains le filet noir,
les belles nattes, les nœuds flottants, les épingles,
tira en tous sens, et si bien qu'elle déchira son
col et sa robe.

Dans ce bel état, tout agitée de colère, les
cheveux épars, sa robe en lambeaux, son filet qui
tenait par une épingle sur le côté de l'oreille, on
entendit dans l'escalier les enfants qui montaient
en criant :

« Rosalie, vite en route, les ânes sont prêts. »

Rosalie, éperdue et calmée subitement, se jeta
vivement sur un canapé dont elle rabattit les
coussins sur tous ces désastres.

Tout aussitôt les mamans et les enfants
entrèrent dans le salon où Rosalie se croyait
bien cachée.

Elle espérait que sa mère entraînerait tout le monde dans une autre pièce, et qu'elle pourrait s'esquiver et réparer le désordre de sa toilette.

Voilà qu'un petit garçon, en furetant, aperçut une paire de petites bottines qui passaient sous les coussins du canapé. Il crut à une farce et découvrit Rosalie ébouriffée, déchirée et toute rouge.

Aidé par toute la bande, il la tira de là et la porta presque devant toutes les dames qui, avec les enfants, éclatèrent de rire en la voyant dans cet état grotesque.

Madame Bruyère fut bien obligée d'avouer ce qui venait de se passer.

« Si j'avais une petite fille aussi violente, dit une dame, je la laisserais avec sa bonne, et j'irais me promener toute la journée sans elle. »

La mère, honteuse pour cet enfant colère, regrettant sa bonté et sa patience, qui ne rendaient pas sa fille raisonnable, suivit le conseil de cette dame. Elle mit son châle, son chapeau, et suivit la compagnie sans dire mot à sa fille.

Rosalie, fort surprise, se sauva dans sa chambre,

n'osant pas, devant tant de monde, faire une
nouvelle scène.

Elle passa la journée bien tristement ; cependant elle comprit sa faute, car le soir, quand sa
maman rentra, elle se jeta dans ses bras en
pleurant, promettant de faire des efforts pour se
corriger.

Il fallait une plus rude leçon pour en arriver là !

Il y avait un mois peut-être que cette aventure
avait eu lieu, Rosalie avait été plus calme.

Mais un jour qu'elle étudiait sur son piano un
morceau qui devait être exécuté le 15 août, pour
la fête de sa mère, à une soirée donnée à la
plupart des baigneurs, une petite fille, sa meilleure compagne, posa, sans y prendre garde, sa
main sur le clavier. Cela produisit un bruit si
bizarre que tous les enfants se mirent à rire aux
éclats.

Rosalie se leva comme une petite furie, pour
frapper l'enfant, qui, épouvantée, se sauva, ouvrit
vivement une porte vitrée, la referma plus vivement encore, maintenant fortement le bouton
pour que Rosalie ne pût l'ouvrir.

Un petit garçon vint lui prêter main-forte, et tout

en riant beaucoup, ils empêchaient cette petite furieuse de passer.

Cela l'irrita tellement qu'elle donna un coup de poing à travers le carreau, qui se cassa en mille pièces.

Tout le monde accourut et vit Rosalie, pâle de colère, les yeux flamboyants et la main tout ensanglantée, menaçant encore les deux rieurs.

Madame Bruyère s'évanouit.

On alla chercher un médecin qui eut beaucoup de peine à arrêter le sang. Il banda les plaies, et au bout de quelques jours, quand il leva les linges qui enveloppaient la main malade, il annonça à la pauvre mère que sa fille s'était coupé deux nerfs, et qu'elle ne pourrait plus ouvrir qu'un doigt de la main droite.

Madame Bruyère désolée revint à Paris, consulta les plus célèbres chirurgiens, qui tous lui dirent que Rosalie était infirme pour le reste de ses jours, et son joli talent de musicienne perdu à jamais.

La leçon a été dure, mais Rosalie est corrigée ; car, depuis plus de deux ans que cet accident lui est arrivé, elle ne s'est pas oubliée une fois.

Lorsqu'un mouvement d'impatience l'agite, elle regarde la paume de sa main mutilée, elle soupire et se résigne.

« Chère maman, dit-elle souvent à madame Bruyère, le bon Dieu m'a privée de l'usage de ma main droite, mais j'espère qu'il m'a donné la patience.

Cette vertu est préférable à ce membre, dont je puis me passer : vous êtes riche, et je n'aurai jamais besoin de mon travail pour vivre, mais la patience me sera toujours utile.

LA PATIENCE.

Comme il ne pouvait marcher, une servante l'installait
dans un fauteuil à roulettes. (P. 165.)

LA PATIENCE

La patience est une vertu qui fait supporter à un enfant les défauts de ses camarades sans se plaindre ni se fâcher.

L'enfant patient prend le temps comme il est, et il devient de ces bons pauvres qui acceptent sans murmurer les épreuves de la vie.

Le patient trouve que tout est bien, du moment que c'est par la volonté du bon Dieu que tout arrive.

Louis surnommé Patience.

Depuis plus de vingt ans, une pauvre vieille femme vendait, à la porte de l'église Saint-Médard, de petits tas de pommes et quelques légumes de la saison. Ce commerce ne lui faisait pas rouler carrosse; souvent, hélas! avec son petit-fils Louis, ils allaient se coucher l'estomac peu satisfait.

Si la mère Denise eût été seule, elle aurait pu vivre; il lui fallait si peu de chose, son économie était si grande et si bien entendue! Mais le petit Louis avait bon appétit, et quoique enfant raisonnable, il usait beaucoup d'habits.

Denise, que tout le monde aimait et estimait dans son quartier, aurait eu bien des secours, soit de monsieur le curé, soit de ses voisins,

— Les pauvres se font la charité entre eux, croyez-le bien. — Mais la bonne femme était fière; ensuite elle préférait attendre pour demander quelque chose que les infirmités, qui sont les peines de la vieillesse, fussent venues frapper à sa porte.

La bonne femme et son petit-fils vivaient comme ils pouvaient, prenant le temps comme il venait, sans murmurer ni se plaindre; car c'étaient de bons pauvres, la marchande de pommes et son petit Louis.

« Patience, patience, disait-elle toujours, tout vient bien pour qui sait attendre; il n'y a pas à se fâcher contre la misère puisqu'elle est la volonté du bon Dieu; s'il l'avait voulu, il nous aurait fait naître dans la famille de monsieur Gracus le richard du quartier; au contraire, il a fait de nous des pauvres comme son fils, Notre-Seigneur Jésus-Christ; contentons-nous de notre sort. »

Ces bons exemples de patience, Louis, son petit-fils, les avait si bien retenus, si bien suivis, que jamais on ne l'avait vu en colère, ni même se fâcher avec ses camarades de l'école des Frères.

Quand on le taquinait, il répétait le dicton de sa grand'mère :

« Patience, patience, tout vient bien pour qui sait attendre. »

Il mettait en action ce qu'il disait si souvent, et vous allez le voir.

Un jour, Louis partit pour l'école, son panier au bras; mais dans ce panier, hélas ! il n'y avait rien, rien du tout. La vieille Denise venait de payer son terme, et il ne lui restait pas le plus petit sou.

A midi, les enfants de l'école mangèrent le déjeuner que chacun avait apporté.

Louis les regardait tranquillement.

« Pourquoi ne manges-tu pas, lui demanda un de ses camarades assis à côté de lui ?

— Grand'mère n'a rien eu à me donner dans mon panier, ce matin, dit Louis à l'oreille de son voisin.

— Veux-tu un morceau de ma tartine ?

— Oh ! garde-la, tu n'en as pas déjà tant pour toi; patience, patience, tout vient bien pour qui sait attendre. »

Ayant dit sa phrase favorite, notre bonhomme en attendit le résultat.

Le camarade, à qui cette résignation faisait pitié, cassa un morceau de son pain et le poussa dans la bouche de Louis, qui fut bien forcé de l'avaler. Cette bouchée de pain fit naître dans son cœur un sentiment de reconnaissance pour le bon petit camarade.

Voici que pendant la récréation de l'école, la mère Denise, qui venait de faire une vente inespérée, apporta à son petit-fils trois grosses pommes de terre jaunes, farineuses, belles à voir, appétissantes à manger.

« Tu vois bien, dit Louis en donnant une de ces pommes de terre à son camarade, que je n'avais pas tort quand je disais : Patience, patience, tout vient bien à qui sait attendre. »

Une autre fois, un garçon de son école, qui lui faisait toutes sortes de niches, se moquait de sa démarche un peu lente, et l'appelait *Limaçon*, joignant le geste à l'injure, lui donna un soufflet en jouant dans la rue.

« Pourquoi *que tu* ne lui en rends pas un autre, dit un enfant, tu es plus fort que lui?

11

— Une supposition que je lui rendrais le
soufflet qu'il vient de me donner, répondit Louis,
ça ne m'ôterait pas celui qu'il vient de me planter
sur ma pauvre joue, mais :

Patience, patience, tout vient bien pour qui
sait attendre. »

Et comme si notre Louis eût été prophète, le
méchant drôle qui l'avait frappé alla se jeter dans
les jambes d'un étalier portant une corbeille sur
sa tête. Au lieu de s'excuser, le polisson lui dit
des injures.

L'étalier, peu endurant en général, posa sa
corbeille à terre, courut après l'insolent et lui
rendit ce qu'il avait administré au bon petit
Louis.

Et tous les enfants d'applaudir.

« C'est bien fait, c'est bien fait, c'est le
bon Dieu qui le punit d'avoir battu Patience;
car il est bon de vous dire, que ce mot de sa
phrase favorite lui avait valu de la part de ses
camarades et des Frères mêmes ce surnom
de Patience, nom auquel il répondait très-
bien.

Un jour, un prêtre de Saint-Médard vint

demander au Frère supérieur s'il n'aurait pas parmi ses élèves un bon petit sujet bien doux, bien patient, pour venir chez lui, soigner son père infirme.

Ce prêtre se proposait de donner la nourriture, le logement et dix francs par mois à ce petit serviteur; de plus, il promettait de l'instruire et de le préparer à sa première communion. Il ne cacha pas au Frère que son père, affligé d'infirmités, avait l'humeur vive et difficile.

« J'ai votre affaire, dit le cher Frère. »

Et il appela Patience, Louis Patience.

Louis Patience, bien en train de s'amuser, laissa son jeu pour courir près du cher Frère.

« Dis-moi, vondrais-tu gagner de l'argent pour aider ta mère Denise?

— Oh! je crois bien, cher Frère, que faut-il faire pour cela?

— Soigner un vieux monsieur malade, supporter toutes ses exigences et le servir avec dévouement.

— Oh! que oui, cher Frère, avec de la patience on vient à bout de tout.

— Alors va avertir ta grand'mère, et prie-la de venir, tout de suite, causer avec monsieur l'abbé. »

Louis courut chercher Denise. M. l'abbé expliqua à la vieille marchande de pommes ce qu'il avait déjà dit au cher Frère. Comme l'offre était très-belle, la bonne femme accepta, tout heureuse de confier son Louis à ce prêtre qu'elle connaissait bien et qui demeurait tout près de Saint-Médard

Le marché conclu, il fut convenu que Louis entrerait en fonctions dès le lendemain.

Toute la soirée, le bon petit Louis fut bien un peu triste, à la pensée de quitter sa bonne vieille grand'mère; mais aussi l'espoir de ne plus lui être une charge, et au contraire de pouvoir lui donner dix francs par mois, le consola bientôt.

Ce fut le cœur presque joyeux que le lendemain il alla, escorté par Denise, prendre son nouveau poste dans une maison de la rue Croulebarbe, où à l'instant même il entra en fonctions près de son maître, monsieur Marc, le père de monsieur l'abbé.

C'était un petit vieillard maigre, ridé, perclus de ses jambes. Comme il ne pouvait marcher, une servante l'installait dans un fauteuil à roulettes.

Louis fut chargé de le traîner dans les allées d'un petit jardin qui entourait la maison.

Monsieur Marc était si chétif, que le jeune garçon put sans efforts le promener dans ce jardin, pendant plus d'un quart d'heure, ensuite il le conduisit sous un berceau de chèvrefeuille et de vignes où il resta près de lui pour le servir et le changer de place quand il en aurait envie.

Tout alla bien pendant les premiers jours; mais à la longue le pauvre vieux monsieur devint plus exigeant, plus difficile à contenter. Il souffrait beaucoup de ses infirmités, et cela aigrissait son caractère. Ce fut alors que la patience de Louis se montra.

Quand il mettait monsieur Marc au soleil, il avait trop chaud; si Louis le traînait à l'ombre, il avait froid; il fallait lui mettre alors une couverture qu'il ne voulait plus un instant après. Lui donnait-on une fleur, cette fleur lui déplaisait bien vite, et Louis s'empressait de lui en cueillir une autre.

Notez qu'à son dire, on ne lui donnait jamais celle qu'il désirait.

Mais c'était bien une autre histoire quand monsieur Marc faisait lire et écrire Louis. A chaque mot que l'enfant disait mal, ou d'une manière douteuse, le vieillard criait d'une voix aiguë et perçante, souvent accompagnée de la menace d'une petite badine.

Il est vrai de dire que cette badine resta toujours à l'état de menace sur les épaules de Louis.

L'enfant ne sourcillait pas, il endurait les cris et les exigences avec un calme souriant, et dans son petit raisonnement il disait :

« Ce pauvre monsieur, il souffre, et c'est ce qui le rend si impatient; ensuite les vieillards c'est comme les enfants , ça ne sait rien endurer. Quand j'étais petit, moi, j'avais des caprices, je pleurais sans raison, ma pauvre mère Denise me supportait bien ; c'est à mon tour, moi qui suis jeune, d'avoir de la patience avec les vieux; c'est même mon devoir. »

Louis aurait supporté beaucoup d'autres caprices pour avoir la joie de donner, tous les mois, à sa grand'mère les dix francs de ses gages.

Les jours où il les lui apportait, il avait une gravité comique. Il cherchait ça dans le fond de sa poche; mais quand il avait donné son argent, il faisait mille cabrioles en la chambre et disait :

« Ça, mère, c'est pour vous payer votre petit café au lait, tous les matins, et un bon pot-au-feu tous les dimanches. C'est ça qui fera du bien à votre pauvre estomac. »

Et la bonne petite créature revenait près de son maître reprendre son service, joyeux et content d'avoir donné ses gages à sa vieille grand'mère.

Un caractère difficile n'empêche pas les bons sentiments. Monsieur Marc, à part ses brusqueries, était un fort brave homme. Non-seulement il apprenait à Louis l'écriture, la lecture, le calcul, mais il l'instruisait encore d'une foule de petites choses utiles partout; sans compter le catéchisme, qu'il lui expliquait un peu durement, il est vrai, mais si clairement, qu'il entrait tout de suite dans sa tête légère; si bien qu'à dix ans on admit Louis Patience à faire sa première communion.

Le bon petit Louis était si bien pénétré de

cette sainte action qu'il ne s'occupait point de la toilette de son corps, mais bien de celle de son âme, qu'il fallait belle pour ce jour-là. Cependant, voyant le moment s'approcher, il se demandait s'il irait à la sainte table avec ses habits de tous les jours.

Il pensa bien qu'il se tramait quelque chose. La vieille Denise vint plusieurs fois causer avec monsieur Marc, et à chaque séance, on l'éloignait par une commission au dehors.

Il en eut la certitude en trouvant un jour, sur son lit un joli costume propre, simple et parfaitement ajusté à sa taille.

Il s'empressa d'aller remercier monsieur Marc, qui l'envoya très-lestement promener, n'étant pas de bonne humeur à ce moment-là, si bien que Louis ne savait que penser.

Mais moi qui connaissais la chose, je vous dis que c'était bien ce vieux bourru qui lui en avait fait cadeau, et qui s'oublia, tout grincheux qu'il se faisait, la veille de la première communion, quand Louis, grave, ému, vint lui demander pardon en s'agenouillant devant lui et lui disant :

« Monsieur, pardonnez-moi si je vous ai offensé, afin que le bon Dieu me pardonne à son tour.

— Va, mon enfant, je te bénis, dit le vieillard en étendant ses mains au-dessus de la tête de Louis, vas en paix ; après mon fils, tu es bien la meilleure créature que je connaisse. »

Monsieur Marc voulut assister à la première communion de son petit domestique. On traîna donc son fauteuil à l'église, le jour de la cérémonie, et il reçut la sainte communion en même temps que ce petit serviteur si dévoué.

Quelques années après ce grand événement, monsieur Marc s'affaiblit, il ne gronda plus, ce qui attristait beaucoup Louis. Il devina bien que le pauvre vieillard s'en allait à Dieu.

Un jour qu'il se sentait plus malade, monsieur Marc envoya chercher par Louis Patience un vieux savant du Jardin des Plantes, qui était son ami depuis plus de quarante ans.

« Je te lègue mon fils, lui dit-il, console-le après ma mort, aide-le à supporter la perte de son vieux père. Ne nous étant jamais quittés, la séparation lui sera douloureuse. Je te lègue aussi cet enfant, ce bon petit Louis qui m'a soigné avec

tant de dévouement et supporté mes exigences
avec tant de patience ; fais-lui un sort, il aime les
fleurs, case-le à ton Jardin des Plantes, quand il
sera en âge. »

Monsieur Marc mourut quelques jours après
cette conversation.

Je passe là-dessus brièvement, mes petits
enfants ; la mort, c'est trop triste pour en affliger
vos bons petits cœurs.

Environ deux mois après cette mort, le vieil
ami de monsieur Marc vint avertir Denise qu'on
lui accordait une place de concierge, et à Louis
celle d'aide-jardinier au Jardin des Plantes.

Monsieur Marc avait donné à Louis, par son
testament, deux cents francs et sa montre en or.

Ces deux cents francs-là servirent à acheter un
mobilier neuf en remplacement de l'ancien, qui
avait fait son temps.

La vieille Denise le donna à un pauvre petit
ménage que ce cadeau rendit bien heureux.

La loge de la bonne vieille Denise, cachée
dans les arbres, ressemblait à un nid dans la
feuillée. Trois petites pièces, et c'était tout.
Une chambre pour elle, une pour Louis et une

petite cuisine, mais tout l'ensemble frais et mignon. Devant la porte, une large plate-bande de fleurs, de ces fleurs comme il en pousse au Jardin des Plantes, si belles, si rares, qu'elles sont les plus belles et les plus rares de toutes.

De temps en temps, Denise et Louis en cueillent des plus fraîches pour les porter sur la modeste tombe de leur bienfaiteur.

De tous ceux que je connais, je ne vois personne d'aussi heureux, d'aussi satisfait que ces bons pauvres, qui redisent encore plus souvent :

« Patience, patience, tout vient bien pour qui sait attendre. »

FIN.

TABLE

TABLE

—

TABLE.

FIN DE LA TABLE.

Limoges. — Imp. EUGÈNE ARDANT et Cie.

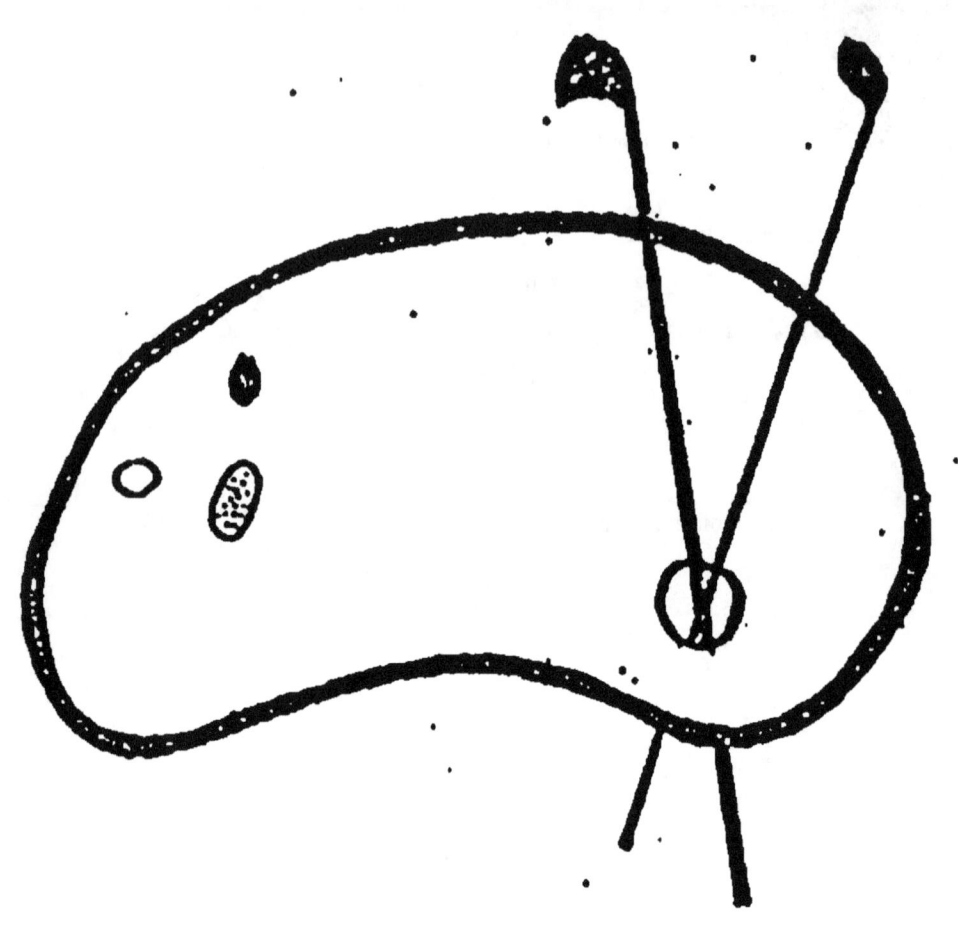

ORIGINAL EN COULEUR
NF Z 43-120-8